汪曾祺
文库本

❸

聊斋新义

汪曾祺 — 著

杨早 — 主编

金城出版社
GOLD WALL PRESS
·北京·

图书在版编目（CIP）数据

聊斋新义/汪曾祺著；杨早主编. —北京：金城出版社有限公司，2024.3
（汪曾祺文库本）
ISBN 978-7-5155-2538-9

Ⅰ.①聊… Ⅱ.①汪… ②杨… Ⅲ.①中篇小说－小说集－中国－当代 ②短篇小说－小说集－中国－当代 Ⅳ.①I247.7

中国国家版本馆CIP数据核字(2023)第217987号

汪曾祺文库本：聊斋新义
WANGZENGQI WENKUBEN: LIAOZHAI XINYI

作　　者	汪曾祺
主　　编	杨早
责任编辑	杨超
责任校对	彭洪清
责任印制	李仕杰
开　　本	880毫米×1280毫米　1/64
印　　张	4.375
字　　数	99千字
版　　次	2024年3月第1版
印　　次	2024年3月第1次印刷
印　　刷	文畅阁印刷有限公司
书　　号	ISBN 978-7-5155-2538-9
定　　价	38.00元

出版发行	金城出版社有限公司　北京市朝阳区利泽东二路3号
	邮政编码：100102
发 行 部	(010) 84254364
编 辑 部	(010) 64214534
总 编 室	(010) 64228516
网　　址	http://www.jccb.com.cn
电子邮箱	jinchengchuban@163.com
法律顾问	北京植德律师事务所　(电话)18911105819

出版说明

文库本是源自德国、日本的一种图书出版形式,一般为平装64开,以开本小、易于携带、方便阅读、定价低为主要特点,如日本著名的"岩波文库""新潮文库"等,一般在精装单行本之后发行。能够出版文库本,意味着作品已经深受读者欢迎,出版方希望让更多的人以更简便的方式获得。

汪曾祺的作品非常适合做成文库本。不仅因为其篇幅短小、读者众多,也因为文库本的形式更契合汪曾祺文字闲适、淡雅的气质。

读者现在看到的,便是汪曾祺先生自1949年出版第一本书(小说集《邂逅集》)以来的第一个文库本。

据2020年出版的《汪曾祺全集》统计,汪曾祺一生写下约250万字的作品,以散文(包含随笔、小品文、文艺理论)、小说为主,另有戏剧、诗歌、书信等。文库本分10册,编为小说3册、散文5册、戏剧1册、书信1册,基本涵盖了所有体裁。

汪曾祺的小说共有162篇,约70万字。文库本编入47篇近22万字,辑为第1册《异秉》(早期作品:1940—1962年创作)、第2册《受戒》(中期作品:1979—1986年创作)、第3册《聊斋新义》(晚期作品:1987—1997年创作)。

汪曾祺的散文共有550余篇,约120万字。文库本编入116篇近33万字,辑为第4册《人间草木》(谈草木虫鱼鸟兽)、第5册《人间至味》(谈吃)、第6册《山河故人》(忆师友)、第7册《桃花源记》(游记)、第8册

《自报家门》（说自己）。

汪曾祺的戏剧有19部，约33万字。文库本编入3部近7万字，辑为第9册《沙家浜》。

汪曾祺的书信有293封，约16万字。文库本编入63封近8万字，辑为第10册《写信即是练笔》。

本书使用的文本，以初版本或作者改订本为底本，参校初刊本、作者手稿及手校本等。原文缺字以□代替；可明确的底本误植，由编者径改；底本与他本相抵牾者皆采用现行规范用法。正文中作者原注和编者注均以脚注形式标在当页，编者所做的必要注释以"编者注"字样标出。原文末尾作者未标出写作时间的，统一补充写作或初刊、初版时间。

本书全部文本由李建新审订，他对汪曾祺作品的校勘工作获得了汪先生家人与研究界的普遍认可。

汪曾祺文库本不求面面俱到，不照顾研究

需要,所愿者,是将汪先生最精彩的文本,最适合随时随处阅读的文字,以最适当的篇幅、形式呈现给读者。汪先生曾有言:短,是对现代读者的尊重。文如此,书亦如此。

序言

1988年12月,汪曾祺写了一首《自题小像》,道是:

> 近事模糊远事真,双眸犹幸未全昏。
> 衰年变法谈何易,唱罢莲花又一春。

说"衰年变法"的时候,其实变法已经开始了。写这诗三年后,汪曾祺在《却老》里点明怎么"变法":"我得回过头来,在作品里融入更多的现代主义。"

有意思的是,"现代主义"却是通过重写古典的形式呈现的。1987年8月,汪曾祺开始了"聊斋新义"的写作计划。同月底,他取道香港赴美国，参加爱荷华大学举办的为期三个月的"国际写作计划"。

汪曾祺一直对《聊斋志异》及其代表的传统笔记小说很有兴趣（可以上溯至《世说新语》），曾将《小翠》改编成京剧。"聊斋新义"的写作，应当是谋划已久的一次"变法"，追求的是"融奇崛于平淡，纳外来于传统，不今不古，不中不西"。

这个时候汪曾祺又正好受到了访美的冲击。与国外作家的交流倾谈，汪曾祺对现代主义、现实主义乃至民族传统，有了更深入清晰的认知："我所说的现实主义是能容纳一切流派的现实主义；我所说的民族文化传统是不排斥外来影响的文化传统。现实主义和现代主义是可以融合的；民族文化和外来影响也并不矛盾，它们之间并非泾渭分明，作家也不必不归杨则归墨，在一棵树上吊死。21世纪的文学，可能是既是更加现实主义的，也是更加现代主义的；既有更浓厚的民族传统色彩，也有更鲜明的西方文学的影响。"因为"聊斋新义"诸篇，也可以看作是这种认识的实践。

汪曾祺的"聊斋新义"，往往改写原故事的结局，加入现代意识，如《瑞云》《捕快张三》《陆判》等尤为明显。汪曾祺是一个喜欢"重写"的作家，自己的小说如《职业》、《异秉》（《灯下》）、《受戒》（《庙与僧》）、《岁寒三友》（《最响的炮仗》）就曾40年间反复述写，对《聊斋志异》的改写，同样也是对传统与现代关系的一种"介入"。

汪曾祺晚年对自己仗以成名的"高邮世界"也进行了可称为颠覆性的改写。不像80年代的写作更专注于乡土社会的人情之美，汪曾祺90年代的高邮书写，更加关注那些乡土社会眼中的《畸人》。他在访谈中提到《小姨娘》，对于十几岁就主动与男性发生性关系的女性，"我没什么褒贬"；他盛赞众人眼中拉皮条的薛大娘:"薛大娘身心都很健康。她的性格没有被扭曲、被压抑。舒舒展展,无拘无束。这是一个彻底解放的,自由的人。"这些话至今还有家乡人不能接受。还有《鹿井丹泉》《窥浴》……胆子大得让人吃惊。这些文笔折射出的,有汪曾祺"衰年变法"的雄心,有90年代文学、文化环境的宽松,还有对于现代中国小说的本土性与世界性的某种思考。

汪曾祺晚年的小说,至今尚未引起读者与研究界足够的重视,往往为美食与旅游的闲趣文字所遮掩。愿这种遗憾不会一直持续。

杨早
2023年3月

目录

瑞云　　001

黄英　　012

蛐蛐　　020

石清虚　　031

陆判　　039

双灯　　049

画壁　　054

捕快张三　　060

同梦　　066

明白官　　075

牛飞	079
老虎吃错人	082
人变老虎	090
樟柳神	096
小芳	106
窥浴	125
鹿井丹泉	130
小学同学	134
鲍团长	148
忧郁症	161
小姨娘	173
小孃孃	185
莱生小爷	195

名士和狐仙　204

关老爷　213

薛大娘　222

钓鱼巷　232

露水　242

侯银匠　255

瑞云

瑞云越长越好看了。初一十五,她到灵隐寺烧香,总有一些人盯着她傻看。她长得很白,姑娘媳妇偷偷向她的跟妈打听:"她搽的是什么粉?"——"她不搽粉,天生的白嫩。"平常日子,街坊邻居也不大容易见到她,只听见她在小楼上跟师傅学吹箫,拍曲子,念诗。

瑞云过了十四,进十五了。按照院里的规矩,该接客了。养母蔡妈妈上楼来找瑞云。

"姑娘,你大了。是花,都得开。该找一个人梳拢了。"

瑞云在行院中长大,哪有不明白的。她脸

上微红了一阵,倒没有怎么太扭捏,爽爽快快地说:

"妈妈说的是。但求妈妈依我一件:钱,由妈妈定;人,要由我自己选。"

"你要选一个什么样的?"

"要一个有情的。"

"有钱的、有势的,好找。有情的,没有。"

"这是我一辈子头一回。哪怕跟这个人过一夜,也就心满意足了。以后,就顾不了许多了。"

蔡妈妈看看这棵摇钱树,寻思了一会儿,说:

"好。钱由我定,人由你选。不过得有个期限:一年。一年之内,由你。过了一年,由我!今天是三月十四。"

于是瑞云开门见客。

蔡妈妈定例:上楼小坐,十五两;见面赘礼不限。

王孙公子、达官贵人、富商巨贾,纷纷登

门求见。瑞云一一接待。贽礼厚的，陪着下一局棋，或当场画一个小条幅、一把扇面。贽礼薄的，敬一杯香茶而已。这些狎客对瑞云各有品评。有的说是清水芙蓉，有的说是未放梨蕊，有的说是一块羊脂玉。一传十，十传百，瑞云身价渐高，成了杭州红极一时的名妓。

余杭贺生，素负才名。家道中落，二十未娶。偶然到西湖闲步，见一画舫，飘然而来。中有美人，低头吹箫。岸上游人，纷纷指点："瑞云！瑞云！"贺生不觉注目。画舫已经远去，贺生还在痴立。回到寓所，茶饭无心。想了一夜，备了一份薄薄的贽礼，往瑞云院中求见。

原来以为瑞云阅人已多，一定不把他这寒酸当一回事。不想一见之后，瑞云款待得很殷勤。亲自涤器烹茶，问长问短。问余杭有什么山水，问他家里都有什么人，问他二十岁了为什么还不娶妻……语声柔细，眉目含情。有时默坐，若有所思。贺生觉得坐得太久了，应该知趣，起身将欲告辞。瑞云拉住他的手，说："我送你一首诗。"诗曰：

> 何事求浆者，蓝桥叩晓关。
> 有心寻玉杵，端只在人间。

贺生得诗狂喜，还想再说点什么，小丫头来报："客到！"贺生只好仓促别去。

贺生回寓，把诗展读了无数遍。才夹到一本书里，过一会儿，又抽出来看看。瑞云分明属意于我，可是玉杵向哪里去寻？

过一二日，实在忍不住，备了一份贽礼，又去看瑞云。听见他的声音，瑞云揭开门帘，把他让进去，说：

"我以为你不来了。"

"想不来，还是来了！"

瑞云很高兴。虽然只见了两面，已经好像很熟了。山南海北，琴棋书画，无所不谈。瑞云从来没有和人说过那么多的话，贺生也很少说话说得这样聪明。不知不觉，炉内香灰堆积，帘外落花渐多。瑞云把座位移近贺生，悄悄地说：

"你能不能想一点办法,在我这里住一夜？"

贺生说："看你两回，于愿已足。肌肤之亲，何敢梦想！"

他知道瑞云和蔡妈妈有成约：人由自选，价由母定。

瑞云说："娶我，我知道你没这个能力。我只是想把女儿身子交给你。以后你再也不来了，山南海北，我老想着你，这也不行么？"

贺生摇头。

两个再没有话了，眼对眼看着。

楼下蔡妈妈大声喊：

"瑞云！"

瑞云站起来，执着贺生的两只手，一双眼泪滴在贺生手背上。

贺生回去，辗转反侧。想要回去变卖家产，以博一宵之欢；又想到更尽分别，各自东西，两下牵挂，更何以堪。想到这里，热念都消。咬咬牙，再不到瑞云院里去。

蔡妈妈催着瑞云择婿。接连几个月，没有中意的。眼看花朝已过，离三月十四没有几天了。

这天，来了一个秀才，坐了一会儿，站起身来，用一个指头在瑞云额头上按了一按，说："可惜，可惜！"说完就走了。瑞云送客回来，发现额头有一个黑黑的指印。越洗越真。

而且这块黑斑逐渐扩大，几天的工夫，左眼的上下眼皮都黑了。

瑞云不能再见客。蔡妈妈拔了她的簪环首饰，剥了上下衣裙，把她推下楼来，和妈子丫头一块干粗活。瑞云娇养惯了，身子又弱，怎么受得了这个！

贺生听说瑞云遭了奇祸，特地去看看。瑞

云蓬着头,正在院里拔草。贺生远远喊了一声:"瑞云!"瑞云听出是贺生的声音,急忙躲到一边,脸对着墙壁。贺生连喊了几声,瑞云就是不回头。贺生一头去找到蔡妈妈,说是愿意把瑞云赎出来。瑞云已经是这样,蔡妈妈没有多要身价银子。贺生回余杭,变卖了几亩田产,向蔡妈妈交付了身价。一乘花轿把瑞云抬走了。

到了余杭,拜堂成礼。入了洞房后,瑞云乘贺生关房门的工夫,自己揭了盖头,一口气,噗,噗,把两支花烛吹灭了。贺生知道瑞云的心思,并不嗔怪。轻轻走拢,挨着瑞云在床沿坐下。

瑞云问:"你为什么娶我?"

"以前,我想娶你,不能。现在能把你娶回来了,不好么?"

"我脸上有一块黑。"

"我知道。"

"难看么？"

"难看。"

"你说了实话。"

"看看就会看惯的。"

"你是可怜我么？"

"我疼你。"

"伸开你的手。"

瑞云把手放在贺生的手里。贺生想起那天在院里瑞云和他执手相看，就轻轻抚摸瑞云的手。

瑞云说："你说的是真话。"接着叹了一口气："我已经不是我了。"

贺生轻轻咬了一下瑞云的手指："你还是你。"

"总不那么齐全了！"

"你不是说过，愿意把身子给我吗？"

"你现在还要吗？"

"要！"

两口儿日子过得很甜。不过瑞云每晚临睡，总把所有灯烛吹灭了。好在贺生已经逐渐对她的全身读得很熟，没灯胜似有灯。

花开花落，春去秋来。一窗细雨，半床明月。少年夫妻，如鱼如水。

贺生真的对瑞云脸上那块黑看惯了。他不觉得有什么难看。似乎瑞云脸上本来就有，应该有。

瑞云还是一直觉得歉然。她有时晨妆照镜，会回头对贺生说：

"我对不起你！"

"不许说这样的话！"

贺生因事到苏州，在虎丘吃茶。隔座是一个秀才，自称姓和，彼此攀谈起来。秀才听出贺生是浙江口音，便问：

"你们杭州，有个名妓瑞云，她现在怎么样了？"

"已经嫁人了。"

"嫁了一个什么样的人？"

"一个和我差不多的人。"

"真能类似阁下，可谓得人！——不过，会有人娶她么？"

"为什么没有？"

"她脸上——"

"有一块黑。是一个什么人用指头在她额头一按，留下的。这个人真不知道安的是什么心肠！——你怎么知道的？"

"实不相瞒，你说的这个人，就是在下。"

"你为什么要做这种事？"

"昔在杭州，也曾一觑芳仪，甚惜其以绝世之姿而流落不偶，故以小术晦其光而保其璞，留待一个有情人。"

"你能点上，也能去掉么？"

"怎么不能？"

"我也不瞒你，娶瑞云的，便是小生。"

"好！你别具一双眼睛，能超出世俗媸

妍，是个有情人！我这就同你到余杭，还君一个十全佳妇。"

到了余杭，秀才叫贺生用铜盆打一盆水，伸出中指，在水面写写画画，说："洗一洗就会好的。好了，须亲自出来一谢医人。"

贺生笑说："那当然！"贺生捧盆入内室，瑞云掬水洗面，面上黑斑随手消失。晶莹洁白，一如当年。瑞云照照镜子，不敢相信。反复照视，大叫一声："这是我！这是我！"

夫妻二人，出来道谢。一看，秀才没有了。

这天晚上，瑞云高烧红烛，剔亮银灯。

贺生不像瑞云一样欢喜。明晃晃的灯烛，粉扑扑的嫩脸，他觉得不惯。他若有所失。

瑞云觉得他的爱抚不像平日那样温存，那样真挚。她坐起来，轻轻地问：

"你怎么了？"

一九八七年八月一日　北京

黄英

马子才,顺天人。几代都爱菊花。到了子才,更是爱菊如命。听说什么地方有佳种,一定得买到。千里迢迢,不辞辛苦。一天,有金陵客人寄住在马家,看了子才种的菊花,说他有个亲戚,有一二名种,为北方所无。马子才动了心,即刻打点行李,跟这位客人到了金陵。客人想方设法,给他弄到两苗菊花芽。马子才如获至宝,珍重裹藏,捧在手里,骑马北归。半路上,遇见一个少年,赶着一辆精致的轿车。少年眉清目秀,风姿洒落。他好像刚刚喝了酒,酒气中有淡淡的菊花香。一路同行,子才和少年就搭了话。少年听出马子才的北方口音,问他到金陵做什么来了,手里捧着的是什么。子才如实告诉少年,说手里这两苗菊花芽好不容易才弄到,这是难得的名种。少年说:

"种无不佳,培溉在人。人即是花,花即是人。"

马子才似懂非懂,问少年要往哪里去。少年说:"姐姐不喜欢金陵,将到河北找个合适的地方住下。"马子才问:"找了房子没有?"——"到了再说吧。"子才说:"我看你们就甭费事了。我家里还有几间闲房,空着也是空着,你们不如就在我那儿住着,我也好请教怎样'培溉'菊花。"少年说:"得跟我姐姐商量商量。"他把车停住,把马子才的意思向姐姐说了。车里的人推开车帘说话。原来是二十来岁的一位美人。说:

"房子不怕窄憋,院子得大一些。"

子才说:"我家有两套院子,我住北院,

南院归你们。两院之间有个小板门。愿意来坐坐，拍拍门，随时可以请过来。平常尽可落闩下锁，互不相扰。"

"这样很好。"

谈了半日，才互通名姓。少年姓陶，姐姐小字黄英。

两家处得很好。马子才发现，陶家好像不举火。经常是从外面买点烧饼馃子就算一餐，就三天两头请他们过来便饭。这姐弟二人倒也不客气，一请就到。有一天陶对马说："老兄家道也不是怎么富足的，我们老是吃你们，长了，也不是个事。咱们合计合计，我看卖菊花也能谋生。"马子才素来自命清高，听了陶生的话很不以为然，说："这是以东篱为市井，有辱黄花！"陶笑笑，说："自食其力不为贫，贩花为业不为俗。"马子才不再说话。陶生也还常常拍拍板门，过来看看马子才种的菊花。

子才种菊，十分勤苦。风晨雨夜，科头赤足，他又挑剔得很严，残枝劣种，都拔出来丢在地上。他拿了把竹扫帚，打算扫到沟里，让它们顺水漂走。陶生说："别！"他把这些残枝劣种都捡起来，抱到南院。马子才心想：这人并不懂种菊花！

没多久，到了菊花将开的月份，马子才听见南院人声嘈杂，闹闹嚷嚷，简直像是香期庙会：这是咋回事？扒在板门上偷觑：喝，都是来买花的。用车子装的，背着的，抱着的，缕缕不绝。再一看那些花，都是见都没见过的异种。心想：他真的卖起菊花来了。这么多的花，得卖多少钱？此人俗，且贪！交不得！又恨他秘着佳本，不叫自己知道，太不够朋友。于是拍拍板门，想过去说几句不酸不咸的话，叫这小子知道：马子才既不贪财，也不可欺。陶生听见拍门，开开门，拉着子才的手，把他拽了过来。子才一看，荒庭半亩，都已辟为菊畦，除了那几间旧房，没有一块空地，到处都是菊花。多数憋了骨朵，少数已经半开。花头大，颜色好，秆粗，叶壮，比他自己园里种的，强百倍。问："你这些花秧子是哪里淘换来的？"陶生说："你细看看！"子才弯腰细看：似曾相识。原来都是自己拔弃的残枝劣种。于是想好的讥诮的话都忘了，直想问问："你把菊种得这样好，有什么诀窍？"陶生转身进了屋，不大会儿，搬出一张矮桌，就放在菊畦旁边。又进屋，拿出酒菜，说："我不想富，也不想穷。我不能那样清高。连日卖花，得了一些钱。你来了，今天咱们喝两盅。"陶生酒量大，用大杯。马子才只能小杯陪着。正喝着，听见屋里有人叫："三郎！"是黄英的声音。"少喝点，小心吓着马先生。"陶生答应："知道了。"几杯落肚，马子才问："你说过'种无不佳，培溉在人'，你到底有什法子能把花种成这样？"陶生说：

"人即是花，花即是人。花随人意。人之意即花之意。"

马子才还是不明白。

陶生豪饮，从来没见他大醉过。子才有个姓曾的朋友，酒量极大，没有对手。有一天，曾生来，马子才就让他们较量较量。二位放开量喝，喝得非常痛快。从早晨一直喝到半夜。曾生烂醉如泥，靠在椅子上呼呼大睡。陶生站起，要回去睡觉，出门踩了菊花畦，一跤摔倒。马子才说："小心！"一看人没了，只有一堆衣裳落在地上，陶生就地化成一棵菊花，一人高，开着十几朵花，花都有拳大。马子才吓坏了，赶紧去告诉黄英。黄英赶来，把菊花拔起来，放倒在地上，说："怎么醉成这样！"拿起陶生衣裳，把菊花盖住，对马子才说："走，别看！"到了天亮，马子才过去看看，只见陶生卧在菊畦边，睡得正美。

于是子才知道：这姐弟二人都是菊花精。

陶生已经露了形迹，也就不避子才，酒喝得越来越放纵。常常自己下个短帖，约曾生来共饮，二位酒友，成了莫逆。

二月十二，花朝。曾生着两个仆人抬了一坛百花酒，说："今天咱们俩把这坛酒都喝了！"一坛酒快完了，两人都还不太醉。马子才又偷偷往坛里续了几斤白酒。两人又都喝了。曾生醉得不省人事，由仆人背回去了。陶生卧在地上，又化为菊花。马见惯不惊，就如法炮制，把菊花拔起来，守在旁边，看他怎么再变过来。等了很久，看见菊花叶子越来越憔悴，坏了！赶紧去告诉黄英，黄英一听："啊？！——你杀了我弟弟了！"急急奔过来看，菊花根株已枯。黄英大哭，掐了还有点活气的菊花梗，埋在盆里，携入闺中，每天灌溉。

盆里的花渐渐萌发。九月，开了花，短干粉朵，闻闻，有酒香。浇以酒，则茂。

这个菊种，渐渐传开。种菊人给起了个名字，叫"醉陶"。

一年又一年，黄英也没有什么异状，只是她永远像二十来岁，永远不老。

> 一九八七年九月十一日 爱荷华

蛐蛐

宣德年间,宫里兴起了斗蛐蛐。蛐蛐都是从民间征来的。这玩意儿陕西本不出。有那么一位华阴县令,想拍拍上官的马屁,进了一只。试斗了一次,不错,贡到宫里。打这儿起,传下旨意,责令华阴县年年往宫里送。县令把这项差事交给里正。里正哪里去弄到蛐蛐?只有花钱买。地方上有一些不务正业的混混,弄到好蛐蛐,养在金丝笼里,价钱抬得很高。有的里正和衙役勾结在一起,借了这个名目,挨家挨户,按人口摊派。上面要一只蛐蛐,常常害得几户人家倾家荡产。蛐蛐难找,里正难当。

有个叫成名的，是个童生，多年也没有考上秀才。为人很迂，不会讲话。衙役瞧他老实，就把他报充了里正。成名托人情，送蒲包，磕头，作揖，不得脱身。县里接送往来官员，办酒席，敛程仪，要民夫，要马草，都朝里正说话。不到一年的工夫，成名的几亩薄产都赔进去了。一出暑伏，按每年惯例，该征蟋蟀了。成名不敢挨户摊派，自己又实在变卖不出这笔钱。每天烦闷忧愁，唉声叹气，跟老伴说："我想死的心都有。"老伴说："死，管用吗？买不起，自己捉！说不定能把这项差事应付过去。"成名说："是个办法。"于是提了竹筒，拿着蟋蟀罩，破墙根底下，烂砖头堆里，草丛里，石头缝里，到处翻，找。清早出门，半夜回家。鞋磨破了，肐膝盖磨穿了，手上、脸上，叫葛针拉出好些血道道，无济于事。即使捕得三两只，又小又弱，不够分量，不上品。县令限期追比，交不上蟋蟀，二十板子。十多天下来，成名挨了百十板，两条腿脓血淋漓，没有一块好肉了。走都不能走，哪能再捉蛐蛐呢？躺在床上，翻来覆去：除了自尽，别无他法。

迷迷糊糊做了一个梦。梦见一座庙，庙后小山下怪石乱卧，荆棘丛生，有一只"青麻头"伏着。旁边有一只癞蛤蟆，将蹦未蹦。醒来想想：这是什么地方？猛然省悟：这不是村东头的大佛阁么？他小时候逃学，曾到那一带玩过。这梦有准么？那里真会有一只好蛐蛐？管他的！去碰碰运气。于是挣扎起来，拄着拐杖，往村东去。到了大佛阁后，一带都是古坟，顺着古坟走，蹲着伏着一块一块怪石，就跟梦里所见的一样。是这儿？——像！于是在蒿莱草莽之间，轻手轻脚，侧耳细听，凝神细看，听力目力都用尽了，然而听不到蛐蛐叫，看不见蛐蛐影子。忽然，蹦出一只癞蛤蟆。成名一愣，赶紧追！癞蛤蟆钻进了草丛。顺着方向，拨开草丛：一只蛐蛐在荆棘根旁伏着。快扑！蛐蛐跳进了石穴。用尖草撩它，不出来；用随身带着的竹筒里的水灌，这才出来。好模样！蛐蛐蹦，成名追。罩住了！细看看：个头大，尾巴长，青脖子，金翅膀。大叫一声："这可好了！"一阵欢喜，腿上棒伤也似轻松了一些。提着蛐蛐笼，快步回家。举家庆贺，老伴破例给成名打了二两酒。家里有蛐蛐罐，垫上点过了箩的细土，把宝贝养在里面。蛐蛐爱吃什么？栗子、菱角、螃蟹肉。买！净等着到了期限，好见官交差。这可好了：不会再挨板子，剩下的房产田地也能保住了。蛐蛐在罐里叫哩，嚁嚁嚁嚁……

　　成名有个儿子，小名叫黑子，九岁了，非常淘气。上树掏鸟蛋，下河捉水蛇，飞砖打恶狗，爱捅马蜂窝。性子倔，爱打架。比他大几岁的孩子也都怕他，因为他打起架来拼命，拳打脚踢带牙咬。三天两头，有街坊邻居来告

"妈妈状"。成名夫妻，就这么一个儿子，只能老给街坊们赔不是，不忍心重棒打他。成名得了这只救命蛐蛐，再三告诫黑子："不许揭开蛐蛐罐，不许看，千万千万！"

不说还好，说了，黑子还非看看不可。他瞅着父亲不在家，偷偷揭开蛐蛐罐。腾！——蛐蛐蹦出罐外，黑子伸手一扑，用力过猛，蛐蛐大腿折了，肚子破了——死了。黑子知道闯了大祸，哭着告诉妈妈。妈妈一听，脸色煞白："你个孽障！你甭想活了！你爹回来，看他怎么跟你算账！"黑子哭着走了。成名回来，老伴把事情一说，成名掉在冰窟窿里了。半天，说："他在哪儿？"找。到处找遍了，没有。做妈的忽然心里一震：莫非是跳了井了？扶着井栏一看，有个孩子。请街坊帮忙，把黑子捞上来，已经死了。这时候顾不上生气，只觉得悲痛。夫妻二人，傻了一样。傻坐着，你看看我，我看看你，找不到一句话。这天他们家烟筒没冒烟，哪里还有心思吃饭呢。天黑了，把儿子抱起来，准备用一张草席卷卷埋了。摸摸胸口，还有点温和；探探鼻子，还有气。先放到床上再说吧。半夜里，黑子醒过来了，睁开了眼。夫妻二人稍得安慰。只是眼神发呆。睁眼片刻，又合上眼，昏昏沉沉地睡了。

蛐蛐死了，儿子这样。成名瞪着眼睛到天亮。

天亮了，忽然听到门外蛐蛐叫，成名跳起来，远远一看，是一只蛐蛐。心里高兴，捉它！蛐蛐叫了一声：嚯，跳走了，跳得很快。追。用手掌一捂，好像什么也没有，空的。手才举起，又分明在，跳得老远。急忙追，折过墙角，不见了。四面看看，蛐蛐伏在墙上。细一看，个头不大，黑红黑红的。成名看它小，瞧不上眼。墙上的小蛐蛐，忽然落在他的袖口上。看看：小虽小，形状特别，像一只土狗子，梅花翅，方脑袋，好像不赖。将就吧。右手轻轻捏住蛐蛐，放在左手掌里，两手相合，带回家里。心想拿它交差，又怕县令看不中，心里没底，就想试着斗一斗，看看行不行。村里有个小伙子，是个玩家，走狗斗鸡，提笼架鸟，样样在行。他养着一只蛐蛐，自名"蟹壳青"，每天找一些少年子弟斗，百战百胜。他把这只"蟹壳青"居为奇货，索价很高，也没人买得起。有人传出来，说成名得了一只蛐蛐，这小伙子就到成家拜访，要看看蛐蛐。一看，捂着嘴笑了：这也叫蛐蛐！于是打开自己的蛐蛐罐，把蛐蛐赶进"过笼"里，放进斗盆。成名一看，这只蛐蛐大得像一只油葫芦，就含糊了，不敢把自己的拿出来。小伙子存心看个笑话，再三说："玩玩嘛，咱又不赌输赢。"成名一想，反正养这么只孬玩意儿也没啥用，逗个乐！于是把黑蛐蛐也放进斗盆。小蛐蛐趴着不动，蔫了吧唧，小伙子又大笑。使猪鬃撩拨它的须须，还是不动。小伙子又大笑。撩它，再撩它！黑蛐蛐忽然暴怒，后腿一挺，直窜过来。俩蛐蛐这就斗开了，冲、撞、腾、击，劈里扑硺直响。忽见小蛐蛐跳起来，伸开须须，翘起尾巴，张开大牙，一下子钳住大蛐蛐的脖子。大蛐蛐脖子破了，直流水。小伙子赶紧把自己的蛐蛐装进过笼，说："这小家伙真玩命呀！"小蛐蛐摆动着须须，"嚁嚁，嚁嚁"，扬扬得意。成名也没想到。他和小伙子正在端详这只黑红黑红的小蛐蛐，他们家的一只大公鸡斜着眼睛过来，上去就是一嘴。成名大叫了一声："啊呀！"幸好，公鸡没啄着，蛐蛐蹦出了一尺多远。公鸡一啄不中，撒腿紧追。眨眼之间，蛐蛐已经在鸡爪子底下了。成名急得不知怎么好，只是跺脚，再一看，公鸡伸长了脖子乱甩。唔？走近了一看，只见蛐蛐叮在鸡冠上，死死咬住不放。公鸡羽毛扎撒，双脚挣蹦。成名惊喜，把蛐蛐捏起来，放进笼里。

第二天，上堂交差。县太爷一看，这么个小东西，大怒："这，你不是糊弄我吗！"成名细说这只蛐蛐怎么怎么好。县令不信，叫衙役弄几只蛐蛐来试试。果然，都不是对手。又叫抱一只公鸡来，一斗，公鸡也败了。县令吩咐，专人送到巡抚衙门。巡抚大为高兴，打了一只金笼子，又命师爷连夜写了一通奏折，详详细细表叙了黑蛐蛐的能耐，把蛐蛐献进宫中。宫里的有名有姓的蛐蛐多了，都是各省进贡来的。什么"蝴蝶""螳螂""油利挞""青丝额"……黑蛐蛐跟这些"名将"斗了一圈，没有一只能经得三个回合，全都不死带伤望风而逃。皇上龙颜大悦，下御诏，赐给巡抚名马衣缎。巡抚饮水思源，到了考核的时候，给华阴县评了一个"卓异"，就是说该县令的政绩非比寻常。县令也是个有良心的，想起他的前程都是打成名那儿来的，于是免了成名里正的差役；又嘱咐县学的教谕，让成名进了学，成了秀才，有了功名，不再是童生了；还赏了成名几十两银子，让他把赔累进去的薄产赎回来。成名夫妻，说不尽的欢喜。

只是他们的儿子一直是昏昏沉沉地躺着，不言不语，不吃不喝，不死不活，这可怎么了呢？

树叶黄了，树叶落了，秋深了。

一天夜里，成名夫妻做了一个同样的梦，梦见了他们的儿子黑子。黑子说：

"我是黑子。就是那只黑蛐蛐。蛐蛐是我。我变的。

"我拍死了'青麻头'，闯了祸。我就想：不如我变一只蛐蛐吧。我就变成了一只蛐蛐。

"我爱打架。

"我打架总要打赢。谁我也不怕。

"我一定要打赢。打赢了，爹就可以不当里正，不挨板子。我九岁了，懂事了。

"我跟别的蛐蛐打，我想：我一定要打赢，为了我爹，我妈。我拼命。蛐蛐也怕蛐蛐拼命。它们就都怕。

"我打败了所有的蛐蛐！我很厉害！

"我想变回来。变不回来了。

"那也好。我活了一秋。我赢了。

"明天就是霜降，我的时候到了。

"我走了。你们不要想我。——没用。"

第二天一早，黑子死了。

一个消息从宫里传到省里，省里传到县里：那只黑蛐蛐死了。

     一九八七年九月二十日 爱荷华

石清虚

邢云飞,爱石头。书桌上,条几上,书架上,柜橱里,多宝槅里,到处是石头。这些石头有的是他不惜重价买来的,有的是他登山涉水满世界寻觅来的。每天早晚,他把这些石头挨着个儿看一遍。有时对着一块石头能端详半天。一天,在河里打鱼,觉得有什么东西挂了网,挺沉,他脱了衣服,一个猛子扎下去,一摸,是块石头。抱上来一看,石头不小,直径够一尺,高三尺有余。四面玲珑,峰峦叠秀。高兴极了。带回家来,配了一个紫檀木的座,供在客厅的案上。

一天,天要下雨,邢云飞发现:这块石头

出云。石头有很多小窟窿,每个窟窿里都有云,白白的,像一团一团新棉花,袅袅飞动,忽淡忽浓。他左看右看,看呆了。俟后,每到天要下雨,都是这样。这块石头是个稀世之宝!

这就传开了。很多人都来看这块石头。一到阴天,来看的人更多。

邢云飞怕惹事,就把石头移到内室,只留一个檀木座在客厅案上。再有人来要看,就说石头丢了。

一天,有一个老叟敲门,说想看看那块石头。邢云飞说:"石头已经丢失很久了。"老叟说:"不是在您的客厅里供着吗?"——"您不信?不信就请到客厅看看。"——"好,请!"一跨进客厅,邢云飞愣了:石头果然好好地嵌在檀木座里。咦!

老叟抚摸着石头,说:"这是我家的旧物,丢失了很久了,现在还在这里啊。既然叫我看见了,就请赐还给我。"邢云飞哪肯呀:"这是我家传了几代的东西,怎么会是你的!"——"是我的。"——"我的!"两个争了半天。老叟笑道:"既是你家的,有什么验证?"邢云飞答不上来。老叟说:"你说不上来,我可知道。这石头前后共有九十二个窟窿,最大的窟窿里有五个字:'清虚天石供'。"邢云飞细一看,大窟窿里果然有五个字,才小米粒大,使劲看,才能辨出笔画。又数数窟窿,不多不少,九十二。邢云飞没有话说,但就是不给。老叟说:"是谁家的东西,应该归谁,怎么能由得你呢?"说完一拱手,走了。邢云飞送到门外,回来,石头没了。大惊,惊疑是老叟带走了,急忙追出来。老叟慢慢地走着,还没走远。赶紧奔上去,拉住老叟的袖子,哀求道:"你把石头还我吧!"老叟说:"这可是奇怪了,那么大的一块石头,我能攥在手里,揣在袖子里吗?"邢云飞知道这老叟很神，就强拉硬拽，把老叟拽回来，给老叟下了一跪，不起来，直说："您给我吧，给我吧！"老叟说："石头到底是你家的，是我家的？"——"您家的！您家的！——求您割爱，求您割爱！"老叟说："既是这样，那么，石头还在。"邢云飞一扭头，石头还在座里，没挪窝。老叟说：

"天下之宝，当与爱惜之人。这块石头能自己选择一个主人，我也很喜欢。然而，它太急于自现了。出世早，劫运未除，对主人也不利。我本想带走，等过了三年，再赠送给你。既想留下，那你就得减寿三年，这块石头才能随着你一辈子，你愿意吗？"——"愿意！愿意！"老叟于是用两个指头捏了一个窟窿一下，窟窿软得像泥，闭上了。随手闭了三个窟窿，完了，说："石上窟窿，就是你的寿数。"说罢，飘然而去。

有一个权豪之家，听说邢家有一块能出云

的石头，就惦记上了。一天派了两个家奴闯到邢家，抢了石头便走。邢云飞追出去，拼命拽住。家奴说石头是他们主人的，邢云飞说："我的！"于是经了官。地方官坐堂问案，说是你们各执一词，都说说，有什么验证。家奴说："有！这石头有九十二个窟窿。"——原来这权豪之家早就派了清客，到邢家看过几趟，暗记了窟窿数目。问邢云飞："人家说出验证来了，你还有什么话说！"邢云飞说："回大人，他们说得不对。石头只有八十九个窟窿。有三个窟窿闭了，还有六个指头印。"——"呈上来！"地方当堂验看，邢云飞所说，一字不差，只好把石头断给邢云飞。

邢云飞得了石头回来，用一方古锦把石头包起来，藏在一只铁梨木匣子里。想看看，一定先焚一炷香，然后才开匣子。也怪，石头很沉，别人搬起来很费劲；邢云飞搬起来却是轻而易举。

邢云飞到了八十九岁，自己置办了装裹棺木，抱着石头往棺材里一躺，死了。

一九八七年九月二十一日 爱荷华

后记

我想做一点试验，改写《聊斋》故事，使它具有现代意识，这是尝试的第一批。

石能择主，人即是花，这种思想原来就是相当现代的。蒲松龄在那样的时候能有这样的思想，令人惊讶。《石清虚》我几乎没有什么改动。我把《黄英》大大简化了，删去了黄英与马子才结为夫妇的情节，我不喜欢马子才，觉得他俗不可耐。这样一来，主题就直露了，但也干净得多了。我把《蛐蛐》（《促织》）和《瑞云》的大团圆式的喜剧结尾改掉了。《促织》本来是一个具有强烈的揭露性的悲剧，原著却使变成蛐蛐的孩子又复活了，他的父亲也有了功名，发了财，这是一大败笔。这和前面一家人被逼得走投无路的情绪是矛盾的，孩子的变形也就失去使人震动的力量。蒲松龄和自己打了架。迫使作者于不自觉中化愤怒为慰安，于此可见封建统治的酷烈。我这样改，相信是符合蒲老先生的初衷的。《瑞云》的主题原来写的是"不以媸妍易念"。这是道德意识，不是审美意识。瑞云之美，美在性情，美在品质，美在神韵，不仅仅在于肌肤。脸上有一块黑，不是损其全体。（《聊斋》写她"丑状类鬼"很恶劣！）歌德说过：爱一个人，如果不爱她的缺点，不是真正的爱。"情人眼里出西施"，是很有道理的。昔人评《聊斋》就有指出"和生多事"的。和生的多事不在在瑞云额上点了一指，而在使其颧面光洁。我这样一改，立意与《聊斋》就很不相同了。

前年我改编京剧《一捧雪》，确定了一个

原则："小改而大动"，即尽量保存传统作品的情节，而在关键的地方加以变动，注入现代意识。

改写原有的传说故事，参以己意，使成新篇，这样的事早就有人做过，比如歌德的《新美露茜娜》。比起歌德来，我的笔下显然是过于拘谨了。

中国的许多带有魔幻色彩的故事，从六朝志怪到《聊斋》，都值得重新处理，从哲学的高度，从审美的视角。

我这只是试验，但不是闲得无聊的消遣。本来想写一二十篇以后再拿出来，《人民文学》索稿，即以付之，为的是听听反应。也许这是找挨骂。

一九八八年一月二十日

陆判

朱尔旦,爱作诗。但是天资钝,写不出好句子。人挺豪放,能喝酒。喝了酒,爱跟人打赌。一天晚上,几个作诗写文章的朋友聚在一处,有个姓但的跟朱尔旦说:"都说你什么事都敢干,咱们打个赌:你要是能到十王殿去,把左廊下的判官背了来,我们大家凑钱请你一顿!"这地方有一座十王殿,神鬼都是木雕的,跟活的一样。东廊下有一个立判,绿脸红胡子,模样尤其狰恶。十王殿阴森森的,走进去叫人汗毛发紧。晚上更没人敢去。因此,这姓但的想难倒朱尔旦。朱尔旦说:"一句话!"站起来就走。不大一会儿,只听见门外大声喊叫:"我把髯宗师请来了!"姓但的说:"别听他的!"——"开门哪!"门开处,朱尔旦当真把判官背进来了。他把判官搁在桌案上,敬了判官三大杯酒。大家看见判官矗着,全都坐不住:"你,还把他,请回去!"朱尔旦又把一壶酒泼在地上,说了几句祝告的话:"门生粗率不文,惊动了您老人家,大宗师谅不见怪。舍下离十王殿不远,没事请过来喝一杯,不要见外。"说罢,背起判官就走。

第二天,他的那些文友,果然凑钱请他喝酒。一直喝到晚上,他已经半醉了,回到家里,觉得还不尽兴,又弄了一壶,挑灯独酌。正喝着,忽然有人掀开帘子进来。一看,是判官!朱尔旦腾地站了起来:"噫!我完了!昨天我冒犯了你,你今天来,是不是要给我一斧子?"判官拨开大胡子一笑:"非也!昨蒙高义相订,今天夜里得空,敬践达人之约。"

朱尔旦一听，非常高兴，拽住判官衣袖，忙说："请坐！请坐！"说着点火坐水，要烫酒。判官说："天道温和，可以冷饮。"——"那好那好！——我去叫家里的弄两碟菜。你宽坐一会儿。"朱尔旦进里屋跟老婆一说——他老婆娘家姓周，挺贤惠，"炒两个菜，来了客。"——"半夜里来客？什么客？"——"十王殿的判官。"——"什么？"——"判官。"——"你千万别出去！"朱尔旦说："你甭管！炒菜，炒菜！"——"这会儿，能炒出什么菜？"——"炸花生米！炒鸡蛋！"一会儿的工夫，两碟酒菜炒得了，朱尔旦端出来，重换杯筷，斟了酒："久等了！"——"不妨，我在读你的诗稿。"——"阴间，也兴作诗？"——"阳间有什么，阴间有什么。"——"你看我这诗？"——"不好。"——"是不好！喝酒！——你怎么称呼？"——"我姓陆。"——"台甫？"——

"我没名字。"——"没名字？好！——干！"这位陆判官真是海量，接连喝了十大杯。朱尔旦因为喝了一天的酒，不知不觉，醉了。趴在桌案上，呼呼大睡。到天亮，醒了，看看半支残烛，一个空酒瓶，碟子里还有几颗炸焦了的花生米，两筷子鸡蛋，恍惚了半天："我夜来跟谁喝酒来着？判官，陆判？"自此，陆判隔三两天就来一回，炸花生米、炒鸡蛋下酒。朱尔旦做了诗，都拿给陆判看。陆判看了，都说不好。"我劝你就别作诗了。诗不是谁都能做的。你的诗，平仄对仗都不错，就是缺一点东西——诗意。心中无诗意，笔下如何有好诗？你的诗，还不如炒鸡蛋。"

有一天，朱尔旦醉了，先睡了，陆判还在自斟自饮。朱尔旦醉梦之中觉得肚脏微微发痛，醒过来，只见陆判坐在床前，豁开他的腔子，把肠子肚子都掏了出来，一条一条在整理。朱尔旦大为惊愕，说："咱俩无仇无怨，你怎么杀了我？"陆判笑笑说："别怕别怕，我给你换一颗聪明的心。"说着不紧不慢的，把肠子又塞了回去。问："有干净白布没有？"——"白布？有包脚布！"——"包脚布也凑合。"陆判用裹脚布缚紧了朱尔旦的腰杆，说："完事了！"朱尔旦看看床上，也没有血迹，只觉得小肚子有点发木。看看陆判，把一疙瘩红肉放在茶几上，问："这是啥？"——"这是老兄的旧心。你的诗写不好，是因为心长得不好。你瞧瞧，什么乱七八糟的，窟窿眼都堵死了。适才在阴间拣到一颗，虽不是七窍玲珑，比你原来那颗要强些。你那一颗，我还得带走，好到阴间凑足原数。你躺着，我得去交差。"

朱尔旦睡了一觉，天明，解开包脚布看看，创口已经合缝，只有一道红线。从此，他的诗就写得好些了。他的那些诗友都很奇怪。

朱尔旦写了几首传诵一时的诗，就有点不

安分了。一天，他请陆判喝酒，喝得有点醺醺然了，朱尔旦说："涮肠伐胃，受赐已多，尚有一事欲相烦，不知可否？"陆判一听："什么事？"朱尔旦说："心肠可换，这脑袋面孔想来也是能换的。"——"换头？"——"你弟妇，我们家里的，结发多年，怎么说呢，下身也还挺不赖，就是头面不怎么样。四方大脸，塌鼻梁。你能不能给来一刀？"——"换一个？成！容我缓几天，想想办法。"

过了几天，半夜里，来敲门，朱尔旦开门，拿蜡烛一照，见陆判用衣襟裹着一件东西。"啥？"陆判直喘气："你托付我的事，真不好办。好不容易，算你有运气，我刚刚得了一个挺不错的美人脑袋，还是热乎的！"一手推开房门，见朱尔旦的老婆侧身睡着，睡得正实在，陆判把美人脑袋交给朱尔旦抱着，自己从靴靿子里抽出一把锋快的匕首，按着朱尔旦老婆的脑袋，切冬瓜似的一刀切了下来，从朱尔旦手里接过美人脑袋，合在朱尔旦老婆脖颈上，看端正了，然后用手四边摁了摁，动作干净利落，真是好手艺！然后，移过枕头，塞在肩下，让脑袋腔子都舒舒服服地斜躺着。说："好了！你把尊夫人原来的脑袋找个僻静地方，刨个坑埋起来。以后再有什么事，我可就不管了。"

第二天，朱尔旦的老婆起来，梳洗照镜。脑袋看看身子："这是谁？"双手摸摸脸蛋："这是我？"

朱尔旦走出来，说了换头的经过，并解开女人的衣领，让女人验看，脖颈上有一圈红线，上下肉色截然不同。红线以上，细皮嫩肉；红线以下，较为粗黑。

吴侍御有个女儿，长得很好看。昨天是上元节，去逛十王殿。有个无赖，看见她长得美，跟梢到了吴家。半夜，越墙到吴家女儿的卧室，想强奸她。吴家女儿抗拒，大声喊叫，无赖一刀把她杀了，把脑袋放在一边，逃了。吴家听见女儿屋里有动静，赶紧去看。一看见女儿尸体，非常惊骇。把女儿尸体用被窝盖住，急忙去备具棺木。这时候，正好陆判下班路过，一看，这个脑袋不错！裹在衣襟里，一顿脚，腾云驾雾，来到了朱尔旦家。

吴家买了棺木，要给女儿成殓。一揭被窝，脑袋没了！

朱尔旦的老婆换了脑袋，也带了一些别扭。朱尔旦的老婆原来食量颇大，爱吃辛辣葱蒜。可是这个脑袋吃得少，又爱吃清淡东西，喝两口鸡丝雪笋汤就够了，因此就下面的肚子老是不饱。

晚上，这下半身非常热情，可是脖颈上这张雪白粉嫩的脸却十分冷淡。

吴家姑娘原来爱弄乐器，笙箫管笛，无所不晓。有一天，在西厢房找到一管玉屏洞箫，高兴极了，想吹吹。嘬细了樱唇，倒是吹出了音,可是下面的十个指头不会捏眼!

朱尔旦老婆换了脑袋,这事渐渐传开了。

朱尔旦的那些诗朋酒友自然也知道了这件事。大家就要求见见换了脑袋的嫂夫人,尤其是那位姓但的。朱尔旦被他们缠得脱不得身,只得略备酒菜,请他们见见新脸旧夫人。

客人来齐了,朱尔旦请夫人出堂。

大家看了半天,姓但的一躬到地:

"是嫂夫人?"

这张挺好看的脸上的挺好看的眼睛看看他,说:"初次见面,您好!"

初次见面?

"你现在贵姓?姓周,还是姓吴?"

"不知道。"

不知道?

"那么你是?"

"我也不知道我是谁。是我,还是不是我。"这张挺好看的面孔上的挺好看的眼睛看看朱尔旦,下面一双挺粗挺黑的手比比画画,问朱尔旦:"我是我?还是她?"

朱尔旦想了一会儿,说:

"你们。"

"我们?"

一九八八年新春

双灯

魏家二小，父母双亡，没念过几年书，跟着舅舅卖酒。舅舅开了一座糟坊，就在村口，不大，生意也清淡，顾客不多。糟坊前进，有一些甑子、水桶、酒缸。后面是一个很大的院子，荒荒凉凉，什么也没有，开了一地的野花。后院有一座小楼。楼下是空的，二小住在楼上。每天太阳落了山，关了大门，就剩二小一个人了。他倒不觉得闷。有时反反复复想想小时候的事，背两首还记得的千家诗，或是伏在楼窗口看南山。南山暗蓝暗蓝的，没有一星灯火。南山很深，除了打柴的、采药的，不大有人进去。天边的余光退尽了，南山的影子模糊了，星星一个一个地出齐了，村里有几声狗叫，二小睡了，连灯都不点。一年一年，二小长得像个大人了，模样很清秀。因为家寒，还没有说亲。

一天晚上，二小已经躺下了，听见楼下有脚步声，还似不止一个人。不大会儿，踢踢踏踏，上了楼梯。二小一骨碌坐起来："谁？"只见两个小丫鬟挑着双灯，已经到了床跟前。后面是一个少年书生，领着一个女郎。到了床前，微微一笑。二小惊得说不出话来。一想：这是狐狸精！腾的一下，汗毛都立起来了，低着头，不敢斜视一眼。书生又笑了笑说："你不要猜疑。我妹妹和你有缘，应该让她和你做伴。"二小看看书生，一身貂皮绸缎，华丽耀眼；看看自己，粗布衣裤，自己直觉得寒碜，不知道说什么好。书生领着丫鬟，丫鬟留下双灯，他们径自走了。

剩下女郎一个人。

二小细细地看了女郎，像画上画的仙女，越看越喜欢，只是自己是个卖酒的，浑身酒糟气，怎么配得上这样的仙女呢？想说两句风流一点的话，一句也说不出，傻了。女郎看看他，说："你不是念'子曰'的，怎么那么书呆子气！我手冷，给我焐焐！"一步走向前，把二小推倒在床上，把手伸在他怀里。焐了一会儿，二小问："还冷吗？"——"不冷了，我现在身上冷。"二小翻身把她搂了起来。二小从来没有干过这种事。不过这种事是不需人教的。

鸡叫了，两个小丫鬟来，挑起双灯，把女郎引走了。到楼梯口，女郎回头：

"我晚上来。"

"我等你。"

夜长，他们赌猜枚。二小拎了一壶酒，笸箩里装了一堆豆子："我藏你猜，猜对了，我喝一口酒。"他用右手攥了豆子："几颗？"

"三颗。"

摊开手：三颗！

又攥了一把："几颗？"

"十一！"

摊开手，十一颗！

猜了十次，都猜对了，二小喝了好几杯酒。

"这样猜法，你要喝醉了，你没个赢的时候。不如我藏，你猜，这样你还能赢几把。"

这样过了半年。

一天，太阳将落，二小关了大门，到了后院，看见女郎坐在墙头上，这天她打扮得格外标致，水红衫子，百蝶绢裙，鬓边插了一支珍珠编凤。她招招手："你过来。"把手伸给二小，墙不高，轻轻一拉，二小就过了墙。

"你今天来得早？"

"我要走了，你送送我。"

"要走？为什么要走？"

"缘尽了。"

"什么叫'缘'?"

"缘就是爱。"

"……"

"我喜欢你,我来了。我开始觉得我就要不那么喜欢你了,我就得走。"

"你忍心?"

"我舍不得你,但是我得走。我们,和你们人不一样,不能凑合。"

说着已到村外,那两个小丫鬟挑着双灯等在那里,她们一直走向南山。

到了高处,女郎回头:

"再见了。"

二小呆呆地站着,远远看见双灯一会儿明,一会儿灭,越来越远,渐渐看不见了。二小好像掉了魂。

这天夜晚,山上的双灯,村里人都看见了。

一九八八年六月十日

画壁

有一商队,从长安出发,将往大秦。朱守素,排行第三,有货物十驮,亦附队同行。这十个驮子,装的都是上好的丝绸。"象眼""方胜"花样新鲜;"海榴""石竹",颜色美丽。如到大秦,可获巨利。驼队到了酒泉,需要休息。那酒泉水好。要把皮囊灌满,让骆驼也喝足了水。

酒泉有一座佛寺,殿宇虽不甚宏大,但是佛像庄严,两壁的画是高手画师手笔,名传远近。朱守素很想去瞻望。他把骆驼、驮子、水囊托付给同行旅伴,径自往佛寺中来。

寺中长老出门肃客。长老内养丰润,面色

微红，眉白如雪，着杏黄褊衫，合十为礼，引导朱守素各处随喜，果然是一座幽雅寺院，画栋雕窗，一尘不到。阶前开两株檐葡，池边冒几束菖蒲。

进了正殿，朱守素慢慢地去看两边画壁。西壁画鬼子母，不甚动人。东壁画散花天女。花雨缤纷，或飘或落。天女皆衣如出水，带若当风。面目姣好，肌体丰盈。有一垂发少女，拈花微笑，樱唇欲动，眼波将流。朱守素目不转瞬，看了又看，心摇意动，想入非非。忽然觉得自己飘了起来，如同腾云驾雾，落定之后，已在墙上。举目看看，殿阁重重，极其华丽，不似人间。有一老僧在座上说法，围听的人很多。朱守素也杂在人群中听了一会儿。忽然觉得有人轻轻拉了一下他的衣袖，一回头，正是那个垂发少女。她嫣然一笑，走了。朱守素尾随着她，经过一道曲曲折折的游廊，到了一所精精致致的小屋跟前，朱守素不知这是什么所在，脚下踌躇。少女举起手中花，远远地向他招了招。朱守素紧走了几步，追了上去。一进屋，没有人，上去就把她抱住了。

少女梳理垂发，穿好衣裳，轻轻开门，回头说："不要咳嗽！"关了门。

晚上，轻轻地开了门，又来了。

这样过了两天。女伴们发觉少女神采变异，喊喊喳喳了一阵，一窝蜂似的闯进拈花女的屋子，七手八脚，到处一搜，把朱守素搜了出来。

"哈！肚子里已经有了娃娃，还头发蓬蓬的学了处女样子呀！不行！"

女伴们捧了簪环首饰，一起说：

"上头！"

少女含羞不语，只好由她们摆布。七手八脚，一会儿就把头给梳上了。一个胖天女说：

"姐姐妹妹们，咱们别老待着，叫人家不乐意！"——"噢！"天女们一窝蜂又都散了。

朱守素看看女郎，云髻高簇，凤鬟低垂，比垂发时更为艳丽，转目流昐，光彩照人。朱守素把她揽在怀里。她浑身兰花香气。

忽然听到外面皮靴踏地，铿铿作响。女郎神色紧张，说：

"这两天金甲神人巡查得很紧，怕有下界人混入天上。我要去就部随班，供养礼佛。你藏在这个壁橱里，不要出来。"

朱守素待在壁橱里，壁橱狭小，又黑暗无光，十分气闷。他听听外面，没有声息，就偷偷出来，开门眺望。

朱守素的同伴吃了烧肉胡饼，喝了水，一切准备停当，不见朱守素人影，就都往佛寺中走，问寺中长老，可曾见过这样一个人。长老说："见过见过。"

"他到哪里去了？"

"他去听说法了。"

"在什么地方？"

"不远不远。"

长老用手指弹弹画壁，叫道：

"朱檀越[1]，你怎么去了偌长时间，你的同伴等你很久了！"

大家一看，画上现出朱守素的像，竖起耳朵，好像听见了。

旅伴大声喊道：

"朱三哥，我们要上路了！你的十驮货物如何处置？要不，给你留下？"

朱守素忽然从墙上飘了下来，双眼恍惚，两脚发软。

旅伴齐问：

"你怎么进到画里去了？这是怎么回事？"

朱守素问长老：

"这是怎么回事？"

1　檀越，指施主。——编者注

长老说:"幻由心生。心之所想,皆是真实。请看。"

朱守素看看画壁,原来拈花的少女已经高梳云髻,不再是垂发了。

朱守素目瞪口呆。

"走吧走吧。"旅伴们把朱守素推推拥拥,出了山门。

驼队又上路了。骆驼扬着脑袋,眼睛半睁半闭,样子极其温顺,又似极其高傲,仿佛于人世间事皆不屑一顾。骆驼的柔软的大蹄子踩着沙碛,驼队渐行渐远。

一九八八年六月二十日

捕快张三

　　捕快张三，结婚半年。他好一杯酒，于色上寻常。他经常出外办差，三天五日不回家。媳妇正在年轻，空房难守，就和一个油头光棍勾搭上了。明来暗去，非止一日。街坊邻里，颇有察觉。水井边，大树下，时常有老太太、小媳妇咬耳朵，挤眼睛，点头，戳手，悄悄议论，嚼老婆舌头。闲言碎语，张三也听到了一句半句。心里存着，不露声色。一回，他出外办差，提前回来了一天。天还没有亮，便往家走。没拐进胡同，远远看见一个人影，从自己家门出来。张三紧赶两步，没赶上。张三拍门进屋，媳妇梳头未毕，挽了纂，正在掠鬓，脸上淡淡的。

"回来了？"

"回来了！"

"提早了一天。"

"差事完了。"

"吃什么？"

"先不吃。——我问你，我不在家，你都干什么了？"

"开门，撅火，喂鸡，择菜，坐锅，煮饭，做针线活，和街坊闲磕牙，说会子话，关门，放狗，挡鸡窝……"

"家里没人来过？"

"隔壁李二嫂来替过鞋样子，对门张二婶借过笸箩……"

"没问你这个！我回来的时候，在胡同口仿佛瞧见一个人打咱们家出去，那是谁？"

"你见了鬼了！——吃什么？"

"给我下一碗热汤面，煮两个咸鸡子，烫

四两酒。"

媳妇下厨房整治早饭,张三在屋里到处搜寻,看看有什么破绽。翻开被窝,没有什么。一掀枕头,滚出了一枚韭菜叶赤金戒指。张三攥在手里。

媳妇用托盘托了早饭进来。张三说:

"放下。给你看一样东西。"

张三一张手,媳妇浑身就凉了:这个粗心大意的东西!没有什么说的了,扑通一声,跪倒在地:

"我错了。你打吧。"

"打?你给我去死!"

张三从房梁上抽下一根麻绳,交在媳妇手里。

"要我死?"

"去死!"

"那我死得漂漂亮亮的。"

"行!"

"我得打扮打扮,插花戴朵,擦粉抹胭脂,穿上我娘家带来的绣花裙子袄。"

"行!"

"得会子。"

"行!"

媳妇到里屋去打扮,张三在外屋剥开咸鸡子,慢慢喝着酒。四两酒下去了小三两,鸡子吃了一个半,还不见媳妇出来。心想:真麻烦,又一想:也别说,最后一回了,是得好好"刀尺""刀尺"。他忽然成了一个哲学家,举着酒杯,自言自语:"你说这人活一辈子,是为了什么呢?"

一会儿,媳妇出来了:喝!眼如秋水,面若桃花,点翠插头,半珠押鬓,银红裙袄粉缎花鞋。到了外屋,眼泪汪汪,向张三拜了三拜。

"你真的要我死呀?"

"别废话,去死!"

"那我就去死啦！"

媳妇进了里屋，听得见她搬了一张杌凳，站上去，拴了绳扣，就要挂上了。张三把最后一杯酒一饮而尽，趴叉一声，摔碎了酒杯，大声叫道：

"咍[1]！回来！一顶绿帽子，未必就当真把人压死了！"

这天晚上，张三和他媳妇，琴瑟和谐。夫妻两个，恩恩爱爱，过了一辈子。

  按：这个故事见于《聊斋》卷九《佟客》后附"异史氏曰"的议论中。故事与《佟客》实无关系。"异史氏"的议论是说古来臣子不能为君父而死，本来是很坚决的，只因为"一转念"误之。议论后引出这故事，实在毫不相干。故事很一般，

---

1 咍音hāi，读孩第一声。

但在那样的时代,张三能掀掉"绿头巾"的压力,实在是很豁达,非常难得的。蒲松龄述此故事时语气不免调侃,但字里行间,流露同情,于此可窥见《聊斋》对贞节的看法。《聊斋》对妇女常持欣赏眼光,多曲谅,少苛求,这一点,是与曹雪芹相近的。

一九八九年七月二十八日

同梦

凤阳士人，负笈远游。临行时对妻子说："半年就回来。"年初走的，眼下重阳已经过了。露零白草，叶下空阶。

妻子日夜盼望。

白日好过，长夜难熬。

一天晚上，卸罢残妆，摊开薄被躺下了。

月光透过窗纱，摇晃不定。

窗外是官河。夜航船的橹声咿咿呀呀。

士人妻无法入睡。迷迷糊糊，不免想起往日和丈夫枕席亲狎，翻来覆去折饼。

忽然门帷掀开，进来了一个美人。头上珠花乱颤，系一袭绛色披风，笑吟吟地问道：

"姐姐,你是不是想见你家郎君呀?"

士人妻已经站在地上,说:

"想。"

美人说:"走!"

美人拉起士人妻就走。

美人走得很快,像飞一样。

(她的披风飘了起来。)

士人妻也走得很快,像飞一样。

她想:我原来能走得这样轻快!

走了很远很远。

去了好大一会儿。美人伸手一指。

"来了。"

士人妻一看:丈夫来了,骑了一匹白骡子。

士人见了妻子,大惊,急忙下了坐骑,问:

"上哪儿去?"

美人说:"要去探望你。"

士人问妻子:"这是谁?"

妻子没来得及回答,美人掩口而笑说:

"先别忙问这问那,娘子奔波不易,郎君骑了一夜牲口,都累了。骡子也乏了。我家不远,先到我家歇歇,明天一早再走,不晚。"

顺手一指,几步以外,就有个村落。

已经在美人家里了。

有个小丫头,趴在廊子上睡着了。

美人推醒小丫头:"起来起来,来客了。"

美人说:"今夜月亮好,就在外面坐坐。石台、石榻,随便坐。"

士人把骡子在檐前梧桐树上拴好。

大家就座。

不大会儿,小丫头捧来一壶酒,各色果子。

美人斟了一杯酒,起立致词:

"鸾凤久乖,圆在今夕,浊醪一觞,敬以为贺。"

士人举杯称谢:

"萍水相逢,打扰不当。"

主客谈笑碰杯,喝了不少酒。

饮酒中间,士人老是注视美人,不停地和她说话。说的都是风月场中调笑言语,把妻子冷落在一边,连一句寒暄的话都没有。

美人眉目含情,和士人应对。话中有意,隐隐约约。

士人妻只好装呆,闷坐一旁,一声不言语。

美人海量,嫌小杯不尽兴,叫取大杯来。

这酒味甜,劲足。

士人说:"我不能再喝,不能再喝了。"

"一定要干了这一杯!"

士人乜斜着眼睛,说:"你给我唱一支曲儿,我喝!"

美人取过琵琶,定了定弦,唱道:

> 黄昏卸得残妆罢,
> 窗外西风冷透纱。
> 听蕉声,一阵一阵细雨下,
> 何处与人闲磕牙?

望穿秋水,

不见还家。

潸潸泪似麻。

又是想他,

又是恨他,

手拿着红绣鞋儿占鬼卦。

士人妻心想：这是唱谁呢？唱我？唱她？唱一个不知道的人？

她把这支小曲全记住了。清清楚楚，一字不落。

美人的声音很甜。

放下琵琶，她举起大杯，一饮而尽。

她的酒上来了。脸上红扑扑的，眼睛水汪汪的。

"我喝多了，醉了，少陪了。"

她歪歪倒倒地进了屋。

士人也跟了进去。

士人妻想叫住他,门已经关了,插上了。

"这算怎么回事?"

半天,也不见出来。

小丫头伏在廊子上,又睡着了。

月亮明晃晃的。

"我在这儿待着干什么?我走!"

可是她不认识路,又是夜里。

士人妻的心头猫抓的一样。

她想去看看。

走近窗户,听到里面还没有完事。

美人娇声浪气,声音含含糊糊。

丈夫气喘吁吁,还不时咳嗽,跟往常和自己在一起时一样。

士人妻气得双手直抖。

心想:我不如跳河死了得了!

正要走,见兄弟三郎骑一匹枣红马来了。

"你怎么在这儿?"

"你快来,你姐夫正和一个女人做坏事哪!"

"在哪儿？"

"屋里。"

三郎一听，里面还在唧唧哝哝说话。

三郎大怒，捡了块石头，用力扔向窗户。窗棂折了几根。

只听里边女人的声音："可了不得啦，郎君的脑袋破了！"

士人妻大哭：

"我想不到你把他杀了，怎么办呢？"

三郎瞪着眼睛说：

"你叫我来，才出得一口恶气，又护汉子，怨兄弟，我不能听你支使。我走！"

士人妻拽住三郎衣袖：

"你上哪儿去？你带我走！"

"去你的！"

三郎一甩袖子，走了。

士人妻摔了个大跟头。她惊醒了。

"啊，是个梦！"

第二天，士人果然回来了，骑了一匹白骡子。士人妻很奇怪，问：

"你骑的是白骡子？"

士人说："这问得才怪，你不是看见了吗？"

士人拴好骡子。

洗脸，喝茶。

士人说："我昨天晚上做了一个梦。"

"一个什么样的梦？"

士人从头至尾述说了一遍。

士人妻说："我也做了一个梦，和你的一样，我们俩做了同一个梦！"

正说着，兄弟三郎骑了一匹枣红马来了。

"我昨晚上做梦，姐夫回来了，你果然回来了！——你没事？"

"有人扔了块大石头，正砸在我脑袋上。所幸是在梦里，没事！"

"扔石头的是我！"

三人做了一个梦！

士人妻想：怎么这么巧呀？若说是梦，白骡子、枣红马，又都是实实在在的。这是怎么回事呢？那个披绛色披风的美人又是谁呢？

正在痴呆呆地想，窗外官河里有船扬帆驶过，船上有人弹琵琶唱曲，声音甜甜的，很熟。推开窗户一看，船已过去，一角绛色披风被风吹得搭在舱外飘飘扬扬了：

黄昏卸得残妆罢，

窗外西风冷透纱……

附记：此据《凤阳士人》改写。说是"新义"，实不新，我只是把结尾改了一下。

一九八九年八月二日

明白官

《聊斋志异·郭安》记的是真人真事，不是鬼狐故事，没有任何夸张想象，艺术加工。

孙五粒有个男用人。——孙五粒原名孙秭，后改名珀龄，字五粒。孙之獬之子，孙琰龄之兄，明崇祯六年举人，清顺治三年进士。历任工科、刑科给事中，礼部都给事中，太仆寺少卿，迁鸿胪寺卿，转通政使司左通政使。孙家一门显宦，又是淄川人，和蒲松龄是小同乡。在淄川，一提起孙五粒，是没有人不知道的，因此蒲松龄对他无须介绍。但是外地的后代的人就不知孙五粒是谁了，所以不得不噜苏几句。——这个男用人独宿一室，恍恍惚惚被人摄了去。到了一处宫殿,一看,上面坐的是阎罗王。阎罗看了看这男用人,说:"错了!要拿的不是此人。"于是下令把他送回去。回来后,这男用人害怕得不得了,不敢再一个人住在这间屋子里,就换了个地方,住到别处去了。

另外一个用人,叫郭安,正没有地方住,一看这儿有空屋子空床,"行!这儿不错!"就睡下了。大概是带了几杯酒,一睡,睡得很实。

又一个用人,叫李禄。这李禄和那被阎王错勾过的男用人一向有仇,早就想把这小子宰了。这天晚上,拿了一把快刀,到了空屋里,一看,门没有闩,一摸,没错!咔嚓一刀!谁知道杀的不是仇人,是郭安。

郭安的父亲知道儿子被人杀了,告到当官。

当时的知县是陈其善。

陈其善是辽东人,贡士。顺治四年任淄川县

知县。顺治九年，调进京，为拾遗。那么陈其善审理此案当在顺治四—九年之间，即一六四七—一六五二，距现在差不多三百四十年。

陈其善升堂。

原告被告上堂，陈其善对双方各问了几句话。李禄供认不讳，是他杀了郭安。陈其善沉吟了一会儿，说："你不是存心杀他，是误杀。没事了，下去吧。"郭安的父亲不干了，哭着喊着："就这样了结啦？我的儿子就白死啦？我这多半辈子就这一个儿子，他死了，我靠谁呀？"——"哦，你没有儿子了？这么办，叫李禄当你的儿子。"郭安的父亲说："我干吗要他当我的儿子呀？——我不要，不要！"——"不要不行！退堂！"

蒲松龄说：这事儿奇不奇在孙五粒的男用人见鬼，而奇在陈其善的断案。

（汪曾祺按：孙五粒这时想必不在淄川老家。要不然，家里奴仆之间出了这样的事，他总得过问过问。)

济南府西部有一个县，有一个人杀了人，被杀的那人的老婆告到县里。县太爷大怒，出签拿人，把凶犯拘到，拍桌大骂："人家好好的夫妻，你咋竟然叫人家守了寡了呢！现在，就把你配了她，叫你老婆也守寡！"提起朱笔，就把这两人判成了夫妻。

济南府西县令是进士出身。蒲松龄曰："此等明决，皆是甲榜所为，他途不能也。"——这样的英明的判决，只有进士出身的官才做得出，非"正途"出身的县长，是没有这个水平的。

不过，陈其善是贡生，不算"正途"，他判案子也这个样子。蒲松龄最后赞叹道："何途无才！"不论由什么途径而做了官的，哪儿没有人才呀！

一九九一年七月四日

牛飞

彭二挣买了一头黄牛。牛挺健壮，彭二挣越看越喜欢。夜里，彭二挣做了个梦，梦见牛长翅膀飞了。他觉得这梦不好，要找人详这个梦。

村里有仨老头儿，有学问，有经验，凡事无所不知，人称"三老"。彭二挣找到三老，三老正在丝瓜架底下抽烟说古。三老是：甲、乙、丙。

彭二挣说了他做了这样一个梦。

甲说："牛怎么会飞呢？这是不可能的事！"

乙说："这也难说。比如说，你那牛要是得了瘟，死了，或者它跑了，被人偷了，你那买牛的钱不是白扔了？这不就是飞了？"

丙是思想最深刻的半大老头儿，他没十分注意听彭二挣说他的梦，只是慢悠悠地说："啊，你有一头牛？……"

彭二挣越想越嘀咕，决定把牛卖了。他把牛牵到牛市上，豁着赔了本，贱价卖了。卖牛得的钱，包在手巾里，怕丢了，把手巾缠在胳臂上，往回走。

走到半路，看见路旁豆棵里有一只鹰，正在吃一只兔子，已经吃了一半，剩下半只，这鹰正在用钩子嘴叼兔子内脏吃，吃得津津有味。彭二挣轻手轻脚走过去，一伸手，把鹰抓住了。这鹰很乖驯，瞪着两只黄眼珠子，看着彭二挣，既不鸹人，也没有怎么挣蹦。彭二挣心想：这鹰要是卖了，能得不少钱，这可是飞来的外财。他把胳臂上的手巾解下来，用手巾一头把鹰腿拴紧，架在左胳臂上，手巾、钱，还在胳臂上缠着。怕鹰挣开手巾扣，便老是用右手把着鹰。没想到，飞来一只牛虻，在二挣颈子后面猛叮了一口，彭二挣伸右手拍牛虻，拍了一手血。就在这工夫，鹰带着手巾飞了。

彭二挣耷拉着脑袋往回走，在丝瓜棚下又遇见了三老，他把事情的经过，前前后后，跟三老一说。

三老甲说："谁让你相信梦！你要不信梦，就没事。"

乙说："这是天意。不过，虽然这是注定了的，但也是咎由自取。你要是不贪图外财，不捉那只鹰，鹰怎么会飞了呢？牛不会飞，而鹰会飞。鹰之飞，即牛之飞也。"

半大老头儿丙曰：

"世上本无所谓牛不牛，自然也即无所谓飞不飞。无所谓，无所谓。"

一九九一年七月八日

老虎吃错人

山西赵城有一位老奶奶,穷得什么都没有。同族本家,都很富足,但从来不给她一点周济,只靠一个独养儿子到山里打点柴,换点盐米,勉强度日。一天,老奶奶的独儿子到山里打柴,被老虎吃了。老奶奶进山哭了三天,哭得非常凄惨。

老虎在洞里听见老奶奶哭,知道这是它吃的那人的老母亲,老虎非常后悔。老虎心想:老虎吃人,本来不错。老虎嘛,天生是要吃人的。如果吃的是坏人——强人,恶人,专门整人的人,那就更好。可是这回吃的是一个穷老奶奶的儿子,真是不应该。我吃了她儿子,她还怎么活呀？老奶奶哭得呼天抢地，老虎听得也直掉泪。

老奶奶哭了三天，愣了一会儿，说："不行！我得告它去！"

老奶奶到了县大堂，高喊"冤枉"！

县官升堂，问老奶奶："告什么人？"

"告老虎！"

"告老虎？"

老奶奶把老虎怎么吃了她的独儿子，哭诉了一遍。这位县官脾气倒挺好，笑笑地对老奶奶说："我是县官，治理一方，我可管不了老虎呀！"

"你不管老虎，只管黄鼠狼？"

衙役们一齐吼叫：

"喊！不要胡说！"

衙役们要把老奶奶轰下堂，老奶奶死活不走，拍着县大堂的方砖地，又哭又闹。县官叫她闹得没有办法，只好说："好好好，我答应你，去捉这只老虎。"这老奶奶还挺懂衙门里的规矩，非要老爷发下火签拘票不可。县官只好填了拘票，掣出一支火签。可是，叫谁去呀？衙役们你看看我，我看看你，并无一人应声。有一个衙役外号二百五，做事缺心眼，还爱喝酒，这天喝得半醉了，站出来说："我去！"二百五当堂接了火签拘票，老奶奶才走。县官退堂，不提。

二百五回家睡了一觉，酒醒了，一摸枕头旁边的火签拘票："唔？我又干了什么缺心眼的事了？"二百五的心思，原想做一出假戏，把老奶奶糊弄走，好给老爷解围，没想到这火签拘票是动真格的官法，开不得玩笑的。拘票上批明了比限日期，过期拘不到案犯，是要挨板子的。无奈，只好求老爷派几名猎户陪他一块进山，日夜在山谷里猫着，希望随便捕捉一只老虎，就可以搪塞过去。不想过了一个月，也没捉到一根老虎毛。二百五不知挨了多少板子，屁股都打烂了，只好到东门外岳庙去给东岳大帝烧香跪拜，求东岳大帝庇佑，一边说，一边哭。哭拜完了，转过身，看见一只老虎从外面走了进来。二百五怕老虎吃他，直往后退。咳，老虎进来，往门当中一蹲，一动不动，不像要吃人的样子。二百五乍着胆子，问："是是是你吃了老奶奶奶奶的儿儿儿子吗？"老虎点点头。"是你吃了老奶奶的儿子，你就低下脑袋，让我套上铁链，跟我一起去见官。"老虎果然把脑袋低了下来。二百五抖出铁链，给老虎套上，牵着老虎到了县衙。

县官对老虎说："杀人偿命，律有明文。你是老虎，我不能判你个斩立决、绞监候。不过，你吃了老奶奶的独儿子，叫她怎么生活呢？这么着吧，你如果能当老奶奶的儿子，负责赡养老人，我就判你个无罪释放。"老虎点点头。县官叫二百五给它松了铁链，老虎举起前爪冲县官拜了一拜，走了。

老奶奶听说县官把老虎放了，气得一夜睡不着。天亮开门，看见门外躺着一头死鹿。老奶奶把鹿皮鹿肉鹿角卖了，得了不少钱。从此，隔个三五天，老虎就给老奶奶送来一头狍子、一头獐子、一头麂子。老奶奶知道老虎都是天不亮送野物来，就开门等着它。日子长了，就熟了。有时老虎来了，老奶奶就对老虎说："儿你累了，躺下歇会吧。"老虎就在房檐下躺下。人在屋里躺着，虎在屋外躺着，相安无事。

街坊邻居知道老奶奶家躺着老虎，都不敢进来，只有二百五敢来。他和老虎混得很熟，二百五跟它说点什么，老虎能懂。老虎心里想什么，动动爪子，摇摇尾巴，二百五也能明白。

老奶奶攒了不少钱，都放在一口白木箱子里。老奶奶对老虎说："这钱是你挣的！"老虎笑了，点点头。

老奶奶死了。

二百五来了，老虎也来了。

老虎指指那口白木箱，示意二百五抱着。二百五不知道要他去干什么。老虎咬着他的衣角，走到一家棺材铺，指指。二百五明白了，它要给老娘买口棺材。二百五照办了。老虎又咬着二百五的衣角，二百五跟着它走。走到一家泥瓦匠门前，老虎又指指。二百五明白了，它要给老娘修一座坟。二百五也照办了。

老虎对二百五拱拱前爪，进山了。

箱子里还剩不少钱，二百五不知道怎么处置，除了给自己买一瓶汾酒，喝了，其余的就原数封存在老奶奶的屋里。

老奶奶安葬时倒很风光，同族本家：小叔子、大伯子、八侄儿、九外甥披麻戴孝，到坟墓前致礼尽哀。致礼尽哀之后，就乱打了起来。原来他们之来，是知道老奶奶留下不少钱，来议论如何瓜分的。瓜分不均，于是动武。

正在打得难解难分,听得"呜——嗥"一声,全都吓得四散奔逃:老虎来了。老虎对这些小叔子、大伯子、八侄儿、九外甥,每一个都尽到了礼数,平均对待,在每个人小腿上咬了一口。

剩下的钱做什么用处呢?二百五问老虎。老虎咬着他的衣角,到了一家银匠铺,指指柜橱里挂着的长命锁。

"你,要,打,一,副,长,命,锁?"

老虎点点头。

"锁上錾什么字?——'长命百岁'?"

老虎摇摇头。

"那么,'永锡遐昌'?"

老虎摇摇头。

"那錾什么字?"

老虎比画了半天,二百五可作了难,左思右想,豁然明白了,问老虎:

"给你錾四个字:'专吃坏人'?"

老虎连连点头。

银匠照式做好。二百五给老虎戴上。

呜喝一声,老虎回山了。

从此,凡是自己觉得是坏人的人,都不敢进这座山。

一九九一年十月十二日

人变老虎

太原向杲，不好学文，而好习武，为人仗义，爱打抱不平。和哥哥向晟感情很好。向晟是个柔弱书生。但因为有这样一个弟弟，在地方上也没人敢欺负他。

向晟和一个妓女相好。这个妓女名叫波斯，长得甭提多好看了。向晟想娶波斯，波斯也愿嫁向晟，只是因为波斯的养母要的银子太多，两人未能如愿。一年二年，波斯的养母年纪也大了，想要从良，要从良，得把波斯先嫁出去。有个庄公子，有钱有势，不但在太原，在整个山西也没人敢惹他。庄公子一向也喜欢波斯，愿意纳她为妾。养母跟波斯商量。波斯说:"既是想一同跳出火坑,就该一夫一妻地过个正经日子。这就是离了地狱进天堂了。若是做一房妾,那跟当妓女也差不了一萝卜皮,我不愿意。"——"那你的意思?"——"您要是还疼我,肯随我的意,那我嫁向晟!"养母说:"行!我把身价银子往下压压。"养母把信儿透给向晟,向晟竭尽家产,把波斯聘了回来。新婚旧好,恩爱非常。

庄公子听说波斯嫁了向晟,大发雷霆。一来,他喜欢波斯;二来,一个穷书生夺了他看中的人,他庄公子的面子往哪搁?一天,庄公子骑着高头大马,带领一帮家丁,出城行猎。家丁一手拿着笛竽吹管,一手提着马棒——驱赶行人给公子让路。浩浩荡荡,好不威风。将出城门,迎面碰见向晟。庄公子破口大骂:

"向晟,你胆敢娶了波斯,你问过我吗?"

"我愿娶,她愿嫁,与别人无干。"

"你小子配吗?"

"我家世世代代，清清白白，咋不配？"

"你小子还敢犟嘴！"

喝令家丁："给我打！"

家丁举起马棒，把向晟打得头破血流，鼻青脸肿。抬回家来，只剩一口气。

向杲听到信，赶奔到哥哥家里，向晟已经断气，新嫂子波斯伏在尸首上大哭。

向杲写了状子，告庄公子。县署府衙，节节上告。不想县尊府尹全都受了庄家的贿赂，告他不倒。

向杲跪倒在向晟灵前，说："哥哥，兄弟对不起你！"

波斯在一旁，说：

"这仇，咱们就这么咽下去了？你平时行侠仗义的，怎么竟这样没有能耐！我要是男子汉，我就拿把刀宰了他！"向杲眼珠子转了几转，一跺脚，说："嫂子，你等着！我要是不把这小子的脑袋切下来，我就再不见你的面！"

向杲揣了一把蘸了见血封喉的毒药的匕首,每天藏伏在山路旁边的葛针棵里,等着庄公子。一天两天,他的行迹渐渐被人识破。庄公子于是每次出来,都多带家丁护卫,又请了几位出名的武师当保镖,照样耀武扬威,出城打猎。而且每到林莽丛杂之处,还要大声叫阵:

"向杲,你想杀我,有种的,你出来!"

向杲肺都气炸了。但是,无计可施。他还是每天埋伏,等待机会。

一天,山里下了暴雨,还夹着冰雹,打得向杲透不过气来。不远有一破破烂烂的山神庙,向杲到庙里暂避。一进门,看见神庙后的墙上画着一只吊睛白额猛虎,向杲发狠大叫:

"我要是能变成老虎就好了!"

"我要是能变成老虎就好了!"

"我要是能变成老虎就好了!"

喊着喊着,他觉得身上长出毛来,再一

看，已经变成一只老虎。向杲心中大喜。

过不两天，庄公子又进山打猎。向杲趴在山洞里，等庄公子的人马走近，突然蹿了出来，扑了上去，一口把庄公子的脑袋咬下来，咔嚓咔嚓，嚼得粉碎，然后"呜嗷"一声，穿山越涧而去，倏忽之间，已无踪影。

向杲报了仇，觉得非常痛快，在山里蹦蹦跳跳，倒也自在逍遥。但是他想起家中还有老婆孩子，我成了老虎，他们咋过呀？而且他非常想喝一碗醋。他心想：不行，我还得变回去，我还得变回去，我还得变回去。想着想着，他觉得身上的毛一根一根全都掉了。再一看，他已经变成一个人了，他还是向杲。只是做了几天老虎，非常累，浑身没有一点力气。

向杲摇摇晃晃，扶墙摸壁，回到自己家里。进了门，到柜橱里搬出醋缸子，咕嘟咕嘟喝了一气，然后往床上一躺。

家里人正奇怪，他失踪了好多天，上哪儿

去了？问他，他说不出话，只摆摆手，接着就呼呼大睡。

一连睡了三天。

波斯听说兄弟回来了，特地来看看，并告诉他，庄公子脑袋被一只老虎咬掉了。向杲叫家里人关上门，悄悄地说："老虎是我。我变的。千万不敢说出去！可不敢[1]！"

日子久了，向杲有个小儿子，跟他的小伙伴们说："庄公子的脑袋是我爸爸咬掉的。"

庄公子的老太爷知道了，写了一张状子，到县衙告向杲，说向杲变成老虎，咬掉他儿子的脑袋。县官阅状，觉得过于荒诞，不予受理。

一九九一年十月十二日

---

1 山西话"不敢"是不能的意思。

樟柳神

（出《夜雨秋灯录》）

张大眼是个催租隶。这天，把租催齐了，要进城去完秋赋。这时正是秋老虎天气，为了赶早凉，起了个五更。懵懵懂懂，行了一气。到了一处，叫作秋稼湾，太阳上来了，张大眼觉得热起来。看了看，路旁有一户人家，茅草屋，门关着，看样子，这家主人还在酣睡未起。门外，搭着个豆花棚，为的是遮阴。豆花棚耷拉过来，接上了几棵半大柳树。下面有一条石凳，干干净净的。一摸，潮乎乎的，露水还没干。掏出布手巾来擦了擦。

"歇会儿啵！"

张大眼心想：这会城门刚开，进城的，出

城的，人多，等乱劲儿过去了，再说。好在离城也不远了。

"抽袋烟！"

嚓嚓嚓，打亮火石，点着火绒，唑——吸了一口，"嗯！好烟！"

张大眼正在品烟，听到有唱歌的声音。声音挺细，跟一只小秋蝈蝈似的。听听，唱的是什么？

> 郎在东来妾在西，
> 少小两个不相离。
> 自从接了媒红订，
> 朝朝相遇把头低。
> 低头莫碰豆花架，
> 一碰露水湿郎衣。

唔？

张大眼听得真真的，有腔有字。是怎么回事？

张大眼四处这么一找：是一个小小婴儿，两寸来长，眉清目秀、唇红齿白，穿一个红兜兜，光着屁股，笑嘻嘻的，在豆花穗上一趔一趔地跳。张大眼再一看，原来这小人的颈子上拴着一根头发丝，头发丝扣在豆花棚缝里的芦苇秆上，他跑不了，只能一趔一趔地跳。张大眼心想：这是个樟柳神！他看看路边的茅屋：一定有个会法术的人在屋里睡觉，昨天晚上把樟柳神拴在这儿，让他吃露水。张大眼听人说过樟柳神，这一定就是！他听说过，樟柳神能未卜先知，有什么事将要发生，他早就料到。捉住他，可以消灾免祸。于是张大眼掐断了头发丝，把樟柳神藏在袖子里，让他在手腕上待着。

可樟柳神不肯老实待着，老是一蹦一蹦的。张大眼就把他取出来，放在斗笠里，戴在头上。这一下，樟柳神安生了，不蹦了，只是小声地说话：

张大眼,

好大胆,

捉住咱,

一千铜钱三十板。

张大眼想:这才是没影子的事!钱粮如数催齐,我身无过犯,会挨三十板?不理他!他把斗笠按了按,低着头噌噌噌噌往城里走。

不想刚进城,听得一声大喝:

"拿下!"

张大眼瞪着两只大眼。

原来这天是初一,县官王老爷出城到东岳庙行香,张大眼早晨起冒了,懵里懵懂,一头撞在喝道的锣夫的身上,把锣夫撞了个仰八交,哐当一声,锣也甩出去老远。王老爷推开轿帘,问道:"什么人?"衙役们七手八脚把张大眼摁倒在地。张大眼不知道咋的,一句话也回不出来,只是不停地喘气,大汗珠子直往下掉。"看他神色慌张，必定不是好人。来！打他三十板！"衙役褪下张大眼的裤子，张大眼趴在大街上，哈哈大笑。"你笑什么？打你屁股，你不怕疼，还笑？"张大眼说："我早知道今天要挨三十个板子。"——"你怎么知道？"张大眼于是把他怎么催租，怎么路过秋稼湾，怎么在豆花棚上看到一个樟柳神，樟柳神是怎么怎么说的，一五一十，说了个备细。

"你有樟柳神？"

"有。"

"呈上来！"

县太爷把樟柳神放在轿子里的伏手板上，樟柳神直跟他点头招手，笑嘻嘻的。

"樟柳神归我了。来,赏他——你叫什么？"

"张大眼。"

"赏张大眼一千铜钱！"

"禀老爷，樟柳神爱在斗笠里待着。"

"那成，我让他待在我的红缨大帽里。——

起轿!"

"喳!"

王老爷得了樟柳神,心想:这可好了,我以后审案子,不管多么疑难,只要问他,是非曲直,一断便知。我一向有些糊涂,从今以后,清如水,明如镜,这锦绣前程么,是稳拿把掐的了!

于是每次升堂,都在大帽里藏着樟柳神。不想樟柳神一声不言语。

王老爷退堂,问樟柳神:

"你怎么不说话?"

樟柳神说:

> 老爷去审案,
>
> 按律秉公断。
>
> 问我樟柳神,
>
> 要你做什么?——吃饭?

当县官的,最关心的是官场的浮沉升降,

乃至变法维新，国家大事。王老爷对自己的进退行止，拿不定主意，就请问樟柳神。樟柳神说：

> 大事我了然，
> 就是不说破。
> 问我为什么，
> 我也怕惹祸。

"你是神，你还怕惹祸？"

"瞧你说的！神就不怕惹祸？神有神的难处。"

樟柳神倒也不闲着，随时向王老爷报一些事。

一早起来，说：

> 清早起来雾漫漫，
> 黑鸡下了个白鸡蛋。

到了前半晌，说：

黄牛角，

　　水牛角，

　　牛打架，

　　角碰角。

到快中午了，说：

　　一个面铺面冲南，

　　三个老头儿来吃面。

　　一个老头儿吃半斤，

　　三个老头儿吃斤半。

到了夜晚，王老爷困得不得了，摘下了大帽，歪靠在榻上，迷迷糊糊睡着了，听见樟柳神在大帽里又说又唱：

　　唧唧唧，啾啾啾，

　　老鼠来偷油。

　　乓乓乓乓——噗，

　　吱溜！

王老爷一激灵，醒了。

"乓乓乓乓？"

"猫来了，猫追老鼠。"

"噗？"

"猫追老鼠，碰倒了油瓶——噗！"

"吱溜？"

"老鼠跑了。"

樟柳神老是在王老爷耳朵根底下说这些少盐没醋的淡话，没完没了，弄得王老爷实在烦得不行，就从大帽下面把他捏出来，摔到窗外。

不想，一会儿就又听到帽子底下一趔一趔地蹦。老爷掀开大帽：

"你怎么又回来啦？"

"请神容易送神难。"

"你是不是要跟着我一辈子？"

"那没错！"

附记：宣鼎，号瘦梅，安徽天长人，生活于同光间，曾在我的故乡高邮住过，在北市口开一家书铺，兼卖画。我的祖父曾收得他的一幅条山。《夜雨秋灯录》是他的主要的笔记小说。也许因为他是高邮隔湖邻县的文人，又在高邮住过，所以高邮人不少看过他的这本书。《夜雨秋灯录》的思想平庸，文笔也很酸腐，只有这篇《樟柳神》却很可喜，樟柳神所唱的小曲尤其清新有韵致。于是想起把这篇东西用语体文重写一遍。前面一部分基本上是按原文翻译，结尾则以己意改作。这样的改变可能使意思过于浅露、少蕴藉了。

一九九一年六月三十日

小芳

    小芳在我们家当过一个时期保姆，看我的孙女卉卉。从卉卉三个月一直看她到两岁零八个月进幼儿园日托。

    她是安徽无为人。无为木田镇程家湾。无为是个穷县，地少人多。地势低，种水稻油菜。平常年月，打的粮食勉强够吃。地方常闹水灾。往往油菜正在开花，满地金黄，一场大水，全都完了。因此无为人出外谋生的很多。年轻女孩子多出来当保姆。北京人所说的"安徽小保姆"，多一半是无为人。她们大都沾点亲。即或是不沾亲带故，一说起是无为哪里哪里的，很快就熟了。亲不亲，故乡人。她们互通声气，互相照应，常有来往。有时十个八个，约齐了同一天休息（保姆一般两星期休息一次），结伴去逛北海，逛颐和园；逛大栅栏，逛百货大楼。她们很快就学会了说北京话，但在一起时都还是说无为话，叽叽呱呱，非常热闹。小芳到北京，是来找她的妹妹的。妹妹小华头年先到的北京。

小芳离家仓促，也没有和妹妹打个电报。妹妹接到她托别人写来的信，知道她要来，但不知道是哪一天，不知道车次、时间，没法去接她。小芳拿着妹妹的地址，一点办法没有。问人，人不知道。北京那么大，上哪儿找去？小芳在北京站住了一夜。后来是一个解放军战士把她带到妹妹所在那家的胡同。小华正出来倒垃圾，一看姐姐的样子，抱着姐姐就哭了。小华的"主家"人很好，说："叫你姐姐先洗洗，吃点东西。"

小芳先在一家待了三个月，伺候一个瘫痪

的老太太。老太太倒是很喜欢她。有一次小芳把碱面当成白糖放进牛奶里，老太太也并未生气。小芳不愿意伺候病人，经过辗转介绍，就由她妹妹带到了我们家，一待就待了下来。这么长的时间，关系一直很好。

小芳长得相当好看，高个儿，长腿，眉眼都不粗俗。她曾经在木田的照相馆照过一张相，照相馆放大了，陈列在橱窗里。她父亲看见了，大为生气："我的女儿怎么可以放在这里让大家看！"经过严重的交涉，照相馆终于同意把照片取了下来。

小芳很聪明，她的耳音特别的好，记性也好，不论什么歌、戏，她听一两遍就能唱下来，而且唱得很准，不走调。这真是难得的天赋。她会唱庐剧。庐剧是无为一带流行的地方戏。我问过小华："你姐姐是怎么学会庐剧的？"——"村里的广播喇叭每天在报告新闻之后，总要放几段庐剧唱片，她听听，就会了。"木田镇有个庐剧团,小芳去考过。团长看她身材、长相、嗓音都好,可惜没有文化——小芳一共只念过四年书,也不识谱,但想进了团可以补习,就录取了她。小芳还在庐剧团唱过几出戏。她父亲知道了,坚决不同意,硬逼着小芳回了家。木田的庐剧团后来改成了县剧团,小芳的父亲有点后悔,因为到了县剧团就可以由农村户口转为城市户口,吃商品粮。小芳如果进了县剧团,她一生的命运就会有很大的不同,她是很可能唱红了的。庐剧的曲调曲折婉转,如泣如诉。她在老太太家时,有时一个人小声地唱,老太太家里人问她:"小芳,你哭啦?"——"我没哭,我在唱。"

小芳在我们家干的活不算重。做饭,洗大件的衣裳,这些都不要她管。她的任务就是看卉卉。小芳看卉卉很精心。卉卉的妈读研究生,住校,一个星期才回来一次,卉卉就全交给小芳了。城市育儿的一套,小芳都掌握了。按时给卉卉喝牛奶,吃水果,洗澡,换衣裳。每天上午,抱卉卉到楼下去玩。卉卉小时候长得很好玩,很结实,胖乎乎的,头发很浓,皮肤白嫩,两只大眼睛,谁见了都喜欢,都想抱抱。小芳于是很骄傲,小芳老是褒贬别人家的孩子:"难看死了!"好像天底下就是她的卉卉最好。卉卉稍大一点,就带她到附近一个工地去玩沙土,摘喇叭花、狗尾巴草。每天还一定带卉卉到隔壁一个小学的操场上去拉一泡屎。拉完了,抱起卉卉就跑,怕被学校老师看见。上了楼,一进门:"喝水!洗手!"卉卉洗手,洗她的小手绢,小芳就给卉卉做饭:蒸鸡蛋羹、青菜剁碎了加肝泥或肉末煮麦片、西红柿面条。小芳还爱给卉卉包饺子,一点点大的小饺子。

下午,卉卉睡一个很长的午觉,小芳就在一边整理卉卉的衣裳,缀缀线头松动的扣子,在绽开的衣缝上缝两针,一面轻轻地哼着庐剧。到后来为自己的歌声所催眠,她也困了,就靠在枕头上睡着了。

晚上,抱着卉卉看电视。小芳爱看电视连续剧、电影、地方戏。卉卉看动画片,看广告。卉卉看到电视里有什么新鲜东西,童装、玩具、巧克力,就说:"我还没有这个呢!"她认为凡是她还没有的东西,她都应该有。有一次电视里有一盘大苹果,她要吃。小芳跟她解释:"这拿不出来。"卉卉于是大哭。

卉卉有很多衣裳——她小姑、我的二女儿,就爱给她买衣裳,很多玩具。小芳有时给她收拾衣服、玩具,会发出感慨:"卉卉的命好——我的命不好。"

小芳教卉卉唱了很多歌:

大海呀大海,

是我生长的地方……

没有花香，没有树高，
我是一棵无人知道的小草……

小芳唱这些歌，都带有一点忧郁的味道。

她还教卉卉念了不少歌谣。这些歌谣大概是她小时候念过的，不过她把无为字音都改成了北京字音。

老奶奶，真古怪，
躺在牙床不起来。
儿子给她买点儿肉，
媳妇给她打点儿酒，
摸不着鞋，摸不着裤，
套——狗——头！

老头子，
上山抓猴子，
猴子一蹦，
老头儿没用！

我有时跟卉卉起哄,就说:"猴子没蹦,老头儿有用!"卉卉大叫:"老头儿没用!"我只好承认:"好好好,老头儿没用!"

我的大女儿有一次带了她的女儿芄芄来,她一般都是两个星期来一次。天热,孩子要洗澡,卉卉和芄芄一起洗。澡盆里放了水,让她们自己在水里先玩一会儿。芄芄把卉卉咬了三口,卉卉大哭。咬得很重,三个通红的牙印。芄芄小,小芳不好说她什么,我的大女儿在一边,小芳也不好说她什么,就对卉卉的妈大发脾气:"就是你!你干吗不好好看着她!"卉卉的妈只好苦笑。她在心里很感激小芳,卉卉被咬成这样,小芳心疼。

有一次,小芳在厨房里洗衣裳,卉卉一个人在屋里玩。她不知怎么把门划上了,自己不会开,出不来,就在屋里大哭。小芳进不去,在门外也大哭,一面说:"卉卉!卉卉!别怕!别怕!"后来是一个搞建筑的邻居,拿了斧子凿子，在门上凿了一个洞。小芳把手从洞里伸进去，卉卉一把拽住不放。门开了，卉卉扑在小芳怀里。小芳身上的肉还在跳。门上的这个圆洞，现在还在。

　　卉卉跟阿姨很亲，有时很懂事。小芳有经痛病，每个月总要有两天躺着，卉卉就一个人在小床里玩洋娃娃，玩积木，不要阿姨抱，也不吵着要下楼。小华每个月要给小芳送益母草膏、当归丸。卉卉都记住了。小华一来，卉卉就问她："你是给小芳阿姨送益母草膏来了吗？"她的洋娃娃病了，她就说："吃一点益母草膏吧！吃一点当归丸吧！"但卉卉有时乱发脾气，无理取闹。她叫小芳："站到窗户台上去！"

　　小芳看看窗户台："窗户台这么窄，我站不上去呀！"

　　"站到床栏杆上去！"

　　"这怎么站呀！"

"坐到暖气上去!"

"烫!"

"到厨房待着去!"

小芳于是委委屈屈地到厨房里去站着。

过了一会儿,卉卉又非常亲热地喊:"阿姨!小芳阿姨!"小芳于是高高兴兴地回到她们俩所住的屋里。

一个两岁的孩子为什么会有这种古怪的恶作剧的念头呢?这在幼儿心理学上怎么解释?

小芳送卉卉上幼儿园。她拿脚顶着教室的门,不让老师关,她要看卉卉。卉卉全不理会,头也不回,噌噌噌噌,走近她自己的小板凳,坐下了。小芳一个人回来。她的心里空了一块。

小芳的命是不好。她才六个月,就由奶奶做主,许给了她的姨表哥李德树。她从小就不喜欢李德树,越大越不喜欢。李德树相貌委琐。他生过瘌痢,头顶上有一块很大的秃疤,亮光光的，小芳看见他就讨厌。李德树的家境原来比小芳家要好些，但是他好赌，程家湾、木田的赌场只要开了，总会有他。赌得只剩下三间土房。他不务正业，田里的草长得老高。这人是个二流子，常常做出丢脸的事。

小芳十五岁的时候就常一个人到山上去哭。天黑了，她妈妈在山下叫她，她不答应。她告诉我们，她那时什么也不怕，狼也不怕。她自杀过一次，喝农药，被发现了，送到木田医院里救活了。中国农村妇女自杀，过去多是投河、上吊，自从有了农药，喝农药的多，这比较省事。乡镇医院对急救农药中毒大都很有经验了。她后来在枕头下面藏了两小瓶敌敌畏，小华知道。小华和姐姐睡一床，随时监视着她。有一次，小芳到村外大河去投水，她妹妹拼命地追上了她，抱着她的腿。小芳揪住妹妹头发，往石头上碰，叫她撒手。小华的头被磕破了，满脸是血，就是不撒手："姐！我不能让你去死！你嫁过去，好赖也是活着，死了就什么也没有了！"

小芳到底还是和李德树结婚了。领结婚证那天，小芳自己都没去，是她父亲代办的。表兄妹是不能结婚的，近亲结婚是法律不允许的。这个道理，小芳的奶奶当然不知道，她认为这是亲上做亲。小芳的父亲也不知道。小芳自己是到了我们家之后，我的老伴告诉她，她才知道的。办理结婚登记手续的村干部应该知道，何况本人并未到场，怎么可以就把结婚证发给他们呢？

李德树跟邻居借了几件家具，把三间土房布置一下，就算办了事。小芳和李德树并未同房。李德树知道她身上揣着敌敌畏，也不敢对她怎么样。

小芳一天也过不下去，就天天回家哭。哭得父亲心也软了。小华后来对我们说："究竟是亲骨肉呀。"父亲说："那你走吧。不要从家里走。李德树要来要人。"小芳乘李德树出去赌钱,收拾了一点东西,从木田坐汽车到合肥,又从合肥坐火车到了北京。她实际上是逃出来的。

小芳在我们家待了一些时,家乡有人来,告诉小芳,李德树被抓起来了。他和另外四个痞子合伙偷了人家一头牛,杀了吃了,人家告到公安局,公安局把他抓进去了。小芳很高兴,她希望他永远不要放出来。这怎么可能呢?偷牛,判不了无期。

李德树到北京来了!他要小芳跟他回去。他先找到小华,小华打了个电话给小芳。李德树有我们家的地址,他找到了,不敢上来,就在楼下转。小芳下了楼,对他说:"你来干什么?我不能跟你回去!"楼下有几个小保姆,知道小芳的事,就围住李德树,把他骂了一顿:"你还想娶小芳!瞧你那德行!""你快走吧!一会儿公安局就来人抓你!"李德树竟然叫她们哄走了。

过些日子,小芳的父亲来信,叫小芳快回来,李德树扬言,要烧他们家的房子,杀她的弟弟,她妈带着她弟弟躲进了山里。小芳于是下决心回去一趟。小芳这回有了主见了,她在北京就给木田法院写了一封信,请求离婚,并寄去离婚诉讼所需费用。

小芳在合肥要下火车,车进站时,她发现李德树在站上等着她。小芳穿了一件玫瑰红人造革的短大衣,半高跟皮鞋,戴起墨镜,大摇大摆从李德树面前走过,李德树竟没认出来!

小芳坐上往木田的汽车一直回到家里。

李德树伙同几个朋友,就是和他一同偷牛的几个痞子,半夜里把小芳抢了出来。小芳两手抱着一棵树,大声喊叫:"卉卉!卉卉!"——喊卉卉干什么?卉卉能救你么?

李德树让他的嫂子看着小芳。嫂子很同情小芳。小芳对嫂子说:"我想到木田去洗个澡。"嫂子说："去吧。"小芳到了木田，跑到法院去吵了一顿："你们收了我的钱，为什么不给我办离婚？"法院不理她。小芳就从木田到合肥坐火车到北京来了。

我们有个亲戚在安徽，和省妇联的一个负责干部很熟。我们把小芳的情况给那亲戚写了一封信，那位亲戚和妇联的同志反映了一下，恰好这位同志要到无为视察工作，向木田法院问及小芳的问题。法院只好受理小芳的案子，判离，但要小芳付给李德树九百块钱。

小芳的父亲拿出一点钱，小芳拿出她的全部积蓄，小华又帮她借了一点钱，陆续偿给了李德树，小芳自由了。

李德树拿了九百块钱，很快就输光了。

小芳离开我们家后，到一家个体户的糖果糕点厂去做糖果，在丰台。糕点厂有个小胡，是小芳的同乡，每天蹬平板三轮到市里给各家送货。小芳有一天去看妹妹，带了小胡一起去。小华心里想：你怎么把一个男的带到我这里来了！是不是他们好了？看姐姐的眼睛，就是的，悄悄地问："你们是不是好了？"姐姐笑了。小华拿眼看了看小胡，说："太矮了！"小芳说："矮一点有什么关系，要那么高干什么！"据小华说："我姐喜欢他有文化。小胡读过初中。她自己没有文化，特别喜欢有文化的人。"

还得小胡回去托人到小芳家说媒。私订终身是不兴的。小胡先走两天，小芳接着也回了家。

到了家，她妈对她说："你明天去看看三舅妈，你好久没看见她了，她想你。"小芳想，也是，就提了一包糕点厂的点心去了。

去了，才知道，哪是三舅妈想她呀，是叫她去让人相亲。程家湾出了个万元户。这人是靠倒卖衣裳发财的。从福建石狮贩了衣服，拆掉原来的商标，换上假名牌。一百元买进，三百元卖出。这位倒爷对小芳很中意，说小芳嫁给他，小芳家的生活他包了，还可供她弟弟上学。小芳说："他就是亿万富翁，我也不嫁给他！"她妈说："小胡家穷，只有三间土房。"小芳说："穷就穷点，只要人好！"

小芳和小胡结了婚，一年后生了个女儿，取名也叫卉卉。

我们的卉卉有很多穿过的衣裳，留着也没有用，卉卉的妈就给小芳寄去，寄了不止一次。小芳让她的卉卉穿了寄去的衣裳照了一张相寄了来。小芳的卉卉像小芳。

家里过不下去，小芳两口子还得上北京来，那家糖果糕点厂还愿意要他们。

小芳带了小胡上我们家来。小胡是矮了一点。其实也不算太矮，只是因为小芳高，显得他矮了。小胡的样子很清秀，人很文静，像个知识分子。小芳可是又黑又瘦，瘦得颧骨都凸出来了，神情很憔悴。卉卉已经上幼儿园大班，不怎么记得小芳了，问小芳："你就是带过我的那个阿姨吗？"小芳一把把她抱了起来，卉卉就粘在小芳身上不下来。

不到一年，小芳又回去了，她想她的女儿。

过不久，小胡也回去了，家里的责任田得有人种。

小芳小产了两次。医生警告她："你不能再生了，再生就有危险！"小芳从小身体就不好。小芳说："我一定要给他们家留一条根！"小芳终于生了一个儿子。小华说："这孩子是他们家的一条龙！"

小芳一直很想卉卉。她来信要卉卉的照片，卉卉的妈不断给她寄去。她要卉卉的录音，卉卉的妈给她录了一盘卉卉唱歌讲故事的磁带。卉卉的妈叫卉卉跟小芳说几句话。卉卉扭扭捏捏地说："说什么呀？"——"随便！随便说几句！"卉卉想了想，说：

"小芳阿姨，你好吗？我很想你，我记得

你很多事。"

听小华说,小芳现在生活很苦,有时连盐都没有。没盐了,小胡就拿了网,打一二斤鱼,到木田卖了,买点盐。

我问小华:"小芳现在就是一心只想把两个孩子拉扯大了?"

小华说:"就是。"

小芳现在还唱庐剧吗?

可能还会唱,在她哄孩子睡觉的时候。

      一九九一年五月二十八日

窥浴

岑明是吹黑管的,吹得很好。在音乐学院附中学习的时候,教黑管的老师虞芳就很欣赏他,认为他聪明,有乐感,吹奏有感情。在虞芳教过的几班学生中,她认为只有岑明可以达到独奏水平。音乐是需要天才的。

附中毕业后,岑明被分配到样板团。自从排练样板戏以后,各团都成立了洋乐队。黑管在仍以"四大件"为主的乐队里只是必不可少的装饰,一晚上吹不了几个旋律。岑明一天很清闲。他爱看小说。看《红与黑》,看D. H. 劳伦斯。

岑明是个高个儿,瘦瘦的,卷发。

他不爱说话，不爱和剧团演员、剧场职员说一些很无聊的荤素笑话。演员、职员都不喜欢他，认为他高傲。他觉得很寂寞。

俱乐部练功厅上有一个平台，堆放着纸箱、木板等等杂物。从一个角度，可以下窥女浴室，岑明不知道怎么发现了这个角落。他爬到平台上去看女同志洗澡。已经不止一次。他的行动叫一个电工和一个剧场的领票员发现了，他们对剧场的建筑结构很熟悉。电工和领票员揪住岑明的衣领，把他拉到练功厅下面，打他。

一群人围过来，问：

"为什么打他？"

"他偷看女同志洗澡！"

"偷看女同志洗澡？——打！"

七八个好事的武戏演员一齐打岑明。

恰好虞芳从这里经过。

虞芳看到，也听到了。

虞芳在乐团吹黑管，兼在附中教黑管。她有时到乐团练乐，或到几个剧团去辅导她原来的学生，常从俱乐部前经过，她行步端庄，很有风度。演员和俱乐部职工都认识她。

这些演员、职员为什么要打岑明呢？说不清楚。

他们觉得岑明的行为不道德？

他们是无所谓道德的观念的。

他们觉得自己受到了侵犯，甚至是污辱（他们的家属是常到女浴室洗澡的）。

或者只是因为他们讨厌岑明，痛恨他的高傲，他的落落寡合，他的自以为有文化，有修养的劲儿。这些人都有一种潜藏的、严重的自卑心理，因为他们自己也知道，他们是庸俗的，没有文化的，没有才华的，被人看不起的。他们打岑明，是为了报复，对音乐的、对艺术的报复。

虞芳走过去，很平静地说：

"你们不要打他了。"

她的平静的声音产生了一种震慑的力量。

因为她的平静,或者还因为她的端庄、她的风度,使这群野蛮人撒开了手,悻悻然地散开了。

虞芳把岑明带到自己的家里。

虞芳没有结过婚,她有过两次恋爱,都失败了,她一直过着单身的生活。音乐学院附中分配给她一个一间居室的宿舍,就在俱乐部附近。

"打坏了没有?有没有哪儿伤着?"

"没事。"

虞芳看看他的肩背,给他做了热敷,给他倒了一杯马蒂尼酒。

"他们为什么打你?"

岑明不语。

"你为什么要爬到那么个地方去看女人洗澡?"

岑明不语。

"有好看的么？"

岑明摇摇头。

"她们身上有没有音乐？"

岑明坚决地摇了摇头："没有！"

"你想看女人，来看我吧。我让你看。"

她乳房隆起，还很年轻。双腿修长。脚很美。

岑明一直很爱看虞老师的脚。特别是夏天，虞芳穿了平底的凉鞋，不穿袜子。

虞芳也感觉到他爱看她的脚。

她把他的手放在自己的胸上。

他有点晕眩。

他发抖。

她使他渐渐镇定了下来。

（肖邦的小夜曲，乐声低缓，温柔如梦……）

（初刊于一九九五年）

鹿井丹泉

"鹿井丹泉"是"秦邮八景"中的一景，遗址在今南石桥南。

有一少年比丘，名叫归来，住在塔院深处，平常极少见人。归来仪容俊美，面如朗月，眼似莲花，如同阿难——阿难在佛弟子中俊美第一。归来偶或出寺乞食，游春士女有见之者，无不赞叹，说："好一个漂亮和尚！"归来饮食简单，每日两粥一饭，佐以黄齑苦荬而已。

出塔院门，有一花坛，遍植栀子。花坛之外为一小小菜园。菜园外即为荆棘草丛，苍茫无际,并无人烟。花坛菜圃之间有一石栏方井,井栏洁白如玉,水深而极清。归来每天汲水浇花灌园。

当归来浇灌之时,有一母鹿,恒来饮水。久之稔熟。略无猜忌。

一日归来将母鹿揽取,置之怀中,抱归塔院。鹿毛柔细温暖,归来不觉男根勃起,伸入母鹿腹中。归来未曾经此况味,觉得非常美妙。母鹿也声唤嘤嘤,若不胜情。事毕之后,彼此相看,不知道他们做了一件什么事。

不久,母鹿胸胀流奶,产下一个女婴。鹿女面目姣美,略似其父,而行步姗姗,犹有鹿态,则似母亲。一家三口,极其亲爱。

事情渐为人知,嘈嘈杂杂,纷纷议论。

当浴佛日,僧众会集,有一屠户,当众大叱骂:

"好你个和尚!你玩了母鹿,把母鹿肚子玩大了,还生下一个鹿女!鹿女已经十六岁了,你是不是也要玩它?你把鹿女借给兄弟们玩两天行不行?你把鹿女藏到哪里去啦?"

说着以手痛捆其面,直至流血。归来但垂首跌坐,不言不语。

正在众人纷闹,营营訇訇,鹿女从塔院走出,身着轻绡之衣,体被璎珞,至众人前,从容言说:

"我即鹿女。"

鹿女拭去归来脸上血迹,合十长跪。然后姗姗款款,走出塔院之门,走入栀子丛中,纵身跃入井内。

众人骇然,百计打捞,不见鹿女尸体,但闻空中仙乐飘飘,花香不散。

当夜归来汲水澡身讫,在栀子丛中累足而卧,比及众人发现,已经圆寂。

按:此故事在高邮流传甚广,故事本极美丽,但理解者不多。传述故事者用语多鄙俗,屠夫下流秽语尤为高邮人之奇耻。因此改写。

一九九五年春节

小学同学

金国相

我时常想起金国相。他很可怜。不知道怎么传出来的,说金国相有尾巴。于是在第二节课下课后,常常有一群同学追他,要脱下他的裤子。金国相拼命逃。大家拼命追。操场、校园、厕所……金国相跑得很快,从来没有被追上、摁倒过。这样追了十分钟,直到第二节课铃响。学校的老师看见,也不管。我没有追过金国相。为什么要欺负人呢?那么多人欺负一个人!

金国相到底有没有尾巴?可能是有的。不

然他为什么拼命逃？可能是他尾骨长出一节，不会是当真长了一根毛乎乎的尾巴。

金国相的样子有点蠢。头很大，眼睛也很大。两只很圆的眼睛，老是像瞪着。说话声音很粗。

他家很穷。父亲早死了，家里只有一个祖母，靠糊"骨子"（做鞋底用的袼褙）为生。把碎布浸湿，打一盆面糊，在门板上把碎布一层一层地拼起来，糊得实实的，成一个二尺宽、五六尺长的长方块，晒干后，揭下。只要是晴天，都看见老奶奶坐在一个小板凳上糊骨子。金国相家一般是不关门的，因为门板要用来糊骨子，因此从街上一眼可以看到他家的堂屋。堂屋里什么都没有，一张破桌子，几条板凳。

金国相家左邻是一个很小的石灰店，右邻是一个很小的炮仗店。这几家门面都不敞亮，不过金国相家特别的暗淡。

金国相家的对面是一个私塾。也还有人家愿意把孩子送到私塾念书,不上小学。私塾里有十几个学生。我们是读小学的,而且将来还会读中学、大学,对私塾看不起,放学后常常大摇大摆地走进去看看。教私塾的老先生也无可奈何。这位老先生样子很"古"。奇怪的是板壁上却挂了一张老夫妻俩的合影,而且是放大的。老先生用粗拙的字体在照片边廓题了一首诗,有两句我一直不忘:

诸君莫怨奁田少,
吃饭穿衣全靠他。

我当时就觉得这首诗很可笑。"奁田"的多少是老先生自己的事,与"诸君"有什么关系呢?

金国相为什么不就在对门读私塾,为什么要去读小学呢?

邱麻子

邱麻子当然是有个学名的，但是从一年级起，大家都叫他邱麻子。他又黑又麻。他上学上得晚，比我们要大好几岁，人也高出好多。每学期排座位，他总是最后一排，靠墙坐着。大家都不愿跟他一块玩，他也跟这些比他小好几岁的伢子玩不到一起去，他没有"好朋友"。我们那时每人都有一两个特别要好的同学。男生跟男生玩，女生跟女生玩。如果是亲戚或是邻居，男生和女生也可以一起玩。早上互相叫着一起到学校，晚上一同回家。邱麻子总是一个人来，一个人走。

三年级的时候，有一天上算术课，来的不是算术老师，是教务主任顾先生。顾先生阴沉着脸，拿了一把很大的戒尺。级长喊了"一——二——三"之后，顾先生怒喝了一声："邱××！到前面来！"邱麻子走到讲桌前站住。"伸出左手！"顾先生什么都不说，抡起戒尺就打。打得非常重。打得邱麻子嘴角牵动，一咧一咧的。一直打了半节课。同学们鸦雀无声。只见邱麻子的手掌肿得像发面馒头。邱麻子不哭，不叫喊，只是咧嘴。这不是处罚，简直是用刑。

后来知道是因为邱麻子"摸"了女生。

过了好些年，我才知道这叫"猥亵"。

邱麻子当然不知道这是"猥亵"。

连教导主任顾先生也不知道"猥亵"这个词。

邱麻子只是因为早熟，因为过早萌发的性意识，并且因为他的黑和麻，本能地做出这种事，没有谁能教唆过他。

邱麻子被学校开除了。

邱麻子家开了一座铁匠店。他父亲就是打铁的。邱麻子被开除后，学打铁。

他父亲掌小锤，他抡大锤。我们放了学，

常常去看打铁。他父亲把一块铁放进炉里,邱麻子拉风箱。呼——哒,呼——哒……铁块烧红了,他父亲用钳子夹出来,搁在砧子上。他父亲用小锤一点,"丁",他就使大锤砸在父亲点的地方,"当"。丁——当,丁——当。铁块颜色发紫了,他父亲把铁块放在炉里再烧。烧红了,夹出来,丁——当,丁——当,到了一件铁活快成形时,就不再需要大锤,只要由他父亲用小锤正面反面轻敲几下,"丁、丁、丁、丁"。"丁丁丁丁……"这是用小锤空击在铁砧上,表示这件铁活已经完成。

丁——当,丁——当,丁——当。

少年棺材匠

徐守廉家是开棺材店的。是北门外唯一的棺材店。

走过棺材店,总有一种很特殊的感觉。别

的店铺都与"生"有关,所卖的东西是日用所需,棺材店却是和"死"联系在一起的。多数店铺在店堂里都设有椅凳茶几,熟人走过,可以进去歇歇脚,喝一杯茶,闲谈一阵,没有人会到棺材店去串门。别的店铺里很热闹。酱园从早到晚,买油的、买酱的、打酒的、买萝卜干酱莴苣的,川流不息。布店从早上九点钟到下午五六点钟,总有人靠着柜台挑布(没有人大清早去买布的;灯下买布,看不正颜色)。米店中饭前、晚饭前有两次高潮。药店的"先生"照方抓药,顾客坐在椅子上等,因为中药有很多味,一味一味地用戥子戥,包,要费一点时间。绒线店里买丝线的、绦子的、二号针的、品青煮蓝的……络绎不绝。棺材店没法子热闹。北门外一天死不了一个人。一天死几个,更是少有。就是那年闹霍乱,死的人也不太多。棺材店过年是不贴春联的。如果贴,写什么字呢?"生意兴隆通四海,财源茂盛达三江"？

我和徐守廉很要好。他很聪明，功课很好，我常到他家的棺材店去玩。

棺材店没有柜台，当然更没有货橱货架，只有一张账桌，徐守廉的父亲坐在桌后的椅子里，用一副骨牌"打通关"。棺材店是不需要多少"先生"的，顾客很少，货品单一。有来看材的（这些"材"就靠西墙一具一具的摞着），徐守廉的父亲就放下骨牌接待。棺材是没有什么可挑选的，样子都是一样。价钱也是固定的。上等的、中等的、下等的薄皮材，自几十元、十几元至几块钱不等。也没有人去买棺材讨价还价。看定一种，交了钱，雇人抬了就走。买棺材不兴赊账，所以账目也就简单。

我去"玩"，是去看棺材匠做棺材。棺材也要做得像个棺材的样子，不能做成一个长方的盒子。棺材板很厚。两边的板要一头大，一头小，要略略有点弧度，两边有相抱的意思；

棺材盖尤其重要，棺材盖正面要略略隆起，棺材盖的里面要是一个"膛"，稍拱起。做棺材的工具是一个长把、弯头、阔刃的家伙，叫作"锛"。棺材的各部分，是靠"锛"锛出来的（棺材板平放在地下）。老师傅锛起来非常准确。嚓！——嚓，嚓，嚓——锛到底，削掉不必要的部分，略修几下，这块板就完全合尺寸。锛时是不弹墨线的，全凭眼力，凭手底下的功夫。一般木匠是不会做棺材的，这是另一门手艺。

棺材店里随时都喷发出新锛的杉木的香气。

徐守廉小学毕业没有升学，就在他家的棺材店里学做棺材的手艺。

我读完初中，徐守廉也差不多出师了。

我考上了高中，路过徐家棺材店，徐守廉正在熟练地锛板子。我叫他：

"徐守廉！"

"汪曾祺！来！"

我心里想:"你为什么要当棺材匠呢?"话到嘴边,没有说出来。我觉得当棺材匠不好。为什么不好呢?我也说不出来。

蒌蒿薹子

小说《大淖记事》:"春初水暖,沙洲上冒出很多紫红色的芦芽和灰绿色的蒌蒿,很快就是一片翠绿了。"我在书页下方加了一条注:"蒌蒿是生于水边的野草,粗如笔管,有节,生狭长的小叶,初生二寸来高,叫作'蒌蒿薹子',加肉炒食极清香。……"蒌蒿的蒌字,我小时不知怎么写,后来偶然看了一本什么书,才知道的。这个字音"吕"。我小学有一个同班同学,姓吕,我们就给他起了一个外号,叫"蒌蒿薹子"(蒌蒿薹子家开了一爿糖坊,小学毕业后未升学,我们看见他坐在糖坊里当小老板,觉得很滑稽)。

——《故乡的食物》

真对不起,我把我的这位同学的名字忘了,现在只能称他为蒌蒿薹子。我们小时候给人取外号,常常没有什么意义,"蒌蒿薹子",只是因为他姓吕,和他的形貌没有关系。"糖坊"是制麦芽糖的。有一口很大的锅,直径差不多有一丈。隔几天就煮一锅大麦芽,整条街上都闻到熬麦芽的气味。麦芽怎么变成了糖,这过程我始终没弄清楚,只知道要费很长时间。制出来的糖就是北京叫作关东糖的那种糖。有的做成直径尺半许的一个圆饼,肩挑的小贩趸去。或用钱买,或用鸭毛破布来换,都可以。用一个刨刃形的铁片楔入糖边,用小铁锤一敲,丁的一声就敲下一块。云南叫这种糖叫"丁丁糖"。蒌蒿薹子家不卖这种糖，门市只卖做成小烧饼状的糖饼。有时还卖把麦芽糖拉出小孔，切成二寸长的一段一段，孔里灌了豆面，外面滚了芝麻的"灌香糖"。吃糖饼的人很少，这东西很硬，咬一口，不小心能把门牙齿扳下来。灌香糖买的人也不多。因此照料门市，只要一个人就够了。原来看店堂的是他的父亲，蒌蒿薹子小学毕了业，就由他接替了。每年只有进腊月二十边上，糖坊才火红热闹几天。家家都要买糖饼祭灶，叫作"灶糖"，不少人家一买买一摞，由大至小，摞成宝塔。全城只有这一家糖坊，买灶饼糖的人挤不动。四乡八镇还有来批趸的。糖坊一年，就靠这几天的生意赚钱。这几天，蒌蒿薹子显得很忙碌，很兴奋。他的已经"退居二线"的父亲也一起出动。过了这几天，糖坊又归于清淡。蒌蒿薹子可以在店堂里"坐"着，或抄了两手在大糖锅前踱来踱去。

　　蒌蒿薹子是我们的同学里最没有野心，最

没有幻想,最安分知足的。虚岁二十,就结了婚。隔一年,得了一个儿子。而且,那么早就发胖了。

王居

我所以记得王居,一是我觉得王居这个名字很好玩——有什么好玩呢?说不出个道理;二是,他有个毛病,上体育的时候,齐步走,一顺边——左手左脚一齐出,右手右脚一齐出。

王居家是开豆腐店的,豆腐店是不大的买卖。北门外共有三家豆腐店。一家马家豆腐店,一家顾家豆腐店,都穷,房屋残破,用具发黑。顾家豆腐店因为顾老头儿有一个很风流的女儿而为人所知(关于她,是可以写一篇小说的)。只有王居家的"王记豆腐店"却显得气象兴旺。磨浆的磨子、卖浆的锅、吊浆的布兜，都干干净净。盛豆腐的木格刷洗得露出木丝。什么东西都好像是新置的。王居的父亲精精神神，母亲也是随时都是光梳头、净洗脸、衣履整齐。王家做出来的豆腐比别家的白、细，百叶薄如高丽纸，豆腐皮无一张破损。"王记"豆腐方干齐整紧细，有韧性，切"干丝"最好，北城几家茶馆，五柳园、小蓬莱、胡小楼，常年到"王记"买豆腐干。因此街邻们议论：小买卖发大财。

一个豆腐店，"发"也发不到哪里去。但是王居小学毕业后读了初中。我们同了九年学。王居上了初中，还是改不了他那老毛病，齐步走，一顺边。

王居初中毕业后，是否升学读了高中，我就不清楚了。

（初刊于一九八九年）

鲍团长

鲍团长是保卫团的团长。

保卫团是由商会出钱养着的一支小队伍。保卫什么人？保卫大商家和有钱有势的绅士大户人家，防备土匪进城抢劫。这支队伍样子很奇怪。说兵不是兵。他们也穿军装、打绑腿，可是军装绑腿既不是草绿色的，也不是灰色的，而是"海昌蓝"的。——也不像警察，警察的制服是黑的。叫作"团"，实际上只有一排人。多半是从各种杂牌军开小差下来的。他们的任务是每天晚上到大街小巷巡逻一遍。有时大户人家办红白喜事，鲍团长会派两个弟兄到门口去站岗。他们也出操，拔正步。拔正步对他们是没有什么意义的，因为他们从来不参加检阅。日常无事，就在团部擦枪。下雨天更是擦枪的日子。

保卫团的团部在承志桥。承志桥在承志河上。承志河由通湖桥流下来，向东汇入护城河，终年是有水的。承志桥是一座木桥。这座桥有点特别，上有瓦盖的顶，两边有"美人靠"——两条长板，板上设有有弧度的栏杆，可以倚靠，故名"美人靠"。这座桥下雨天可以躲雨，夏天可以乘凉。靠在"美人靠"上看桥下河水，是一种享受。桥上时常有卖熟荸荠的担子，可以"抽牌九"的卖花生糖、芝麻糖的挑子。桥之北有一家木厂，沿河堆了很多杉木。放学的孩子喜欢在杉木梢头跳跃，于杉木的弹动起落中得到快乐。木厂之西，是杨家巷。承志桥以南一带也统称为承志桥。保卫团的团部在承志桥的东面。原本是一个祠堂。房屋很宽敞。西面三大间是办公室。后墙贴着总理遗像，像边是"革命尚未成功"，"同志仍须努力"。总理遗像下是一张大办公桌。南北两边靠墙立着枪架子，二十来支汉阳造七九步枪整齐地站着。一边墙上有三支"二膛盒子"。

鲍团长名崇岳，山东掖县人，行伍出身。十几岁就投了张宗昌的部队。张宗昌被打垮了，他在孙传芳的"联军"里干了几年。孙传芳下野，他参加了国民革命军——这一带人称之为"党军"，屡升为营长。行军时可以骑马，有一个勤务兵。

他很少谈军旅生活，有时和熟朋友，比如杨宜之，茶余酒后，也聊一点有趣的事。比如：在战壕里也是可以抽大烟的。用一个小茶壶，把壶盖用洋蜡烛油焊住，壶盖上有一个小孔，就可以安烟泡，茶壶嘴便是烟枪，点一个小蜡烛头——是烟灯。也可以喝酒。不少班排长背包里有一个"酒馒头"。把馒头在高粱酒里泡透，晒干；再泡，再晒干。没酒的时候，掰两片，在凉水里化开，这便是酒。杨宜之问他，听说张宗昌队伍里也有军歌：

> 三国战将勇，
> 首推赵子龙。
> 长坂坡前逞啊英雄。
> 还有张翼德，
> 黑头大脑壳……

鲍团长哈哈大笑，说："有！有！有！"

鲍崇岳怎么会到这个小县城来当一个保卫团长呢？他所在的那个团驻扎到这个县，在地方党政绅商的接风宴会上，意外地见到小时候一同读私塾的一个老同学，在县政府当秘书，他乡遇故，酒后畅谈。鲍崇岳表示，他对军队生活已经厌倦，希望找个地方清清静静地住下来，写写字。老同学说："这好办，你来当保卫团长。"老同学找商会会长王蕴之一说，王蕴之欣然同意，说："薪金按团长待遇。只是对鲍营长来说，太屈尊了。"老同学说："他这人，我知道，无所谓。"

王蕴之为什么欢迎鲍崇岳来当保卫团长呢？一来，保卫团的兵一向吊儿郎当，需要有人来管束；更重要的是：有他来，可以省掉商会乃至县政府的许多麻烦。这个县在运河岸边，过往的军队很多。鲍崇岳在军队上的朋友很多，有的是旧同事，有的是换帖的把兄弟，有的是都在帮，都是安清门里的。鲍崇岳可以充当军队和地方的桥梁。过境或驻扎的军队要粮要草要供应，有鲍崇岳去拜望一下，叙叙旧，就可以少要一点。有点纠纷摩擦，鲍崇岳一张片子，就能大事化小。有鲍崇岳在，部队的营团长也不便纵任士兵胡作非为。鲍团长对保障地方的太平安静，实在起很大作用。因此，地方上的人对他很有好感，很尊敬。在这个小县城里，一个保卫团长也算是头面人物。

鲍团长的日子过得很潇洒,隔个三五天,他到团部来一次,泡一杯茶,翻翻这几天的新闻报、老申报,批几张报销条子——所报的无非是擦枪油、棉丝、火伕买的芦柴、煤块、洋铁壶,到承志桥一带人家升起煮中饭的炊烟,就站起身来。值日班长喊了一声"立正",他已经跨出保卫团部大门的麻石门槛。

鲍团长是个大块头,方肩膀,长方脸,方下巴。留一个一寸长短的平头——当时这叫"陆军头",很有军人风度,但是言谈举止温文尔雅。他是行伍出身,但在从军前读过几年私塾。塾师是个老秀才,能写北碑大字。鲍团长笔下通顺,函牍往来,不会闹笑话。受塾师影响,也爱写字。当地有人恭维他是"儒将",鲍团长很谦虚地说:"儒将,不敢当,俺是个老粗。"但是对这样的恭维,在心里颇有几分得意。

鲍团长平常不穿军服。他有一身马裤呢的

军装,只有在重要场合,总理诞辰纪念会,合县党政绅商欢迎省里下来视察工作的厅长或委员的盛会上,才穿一次。他平常穿便衣,"小打扮",上身是短袄(钉了很大的扣子),下身扎腿长裤。县里人私下议论,说这跟他在红帮有关系。杨宜之问过他:"你是不是在红帮?"鲍崇岳不否认。杨宜之问:"听说红帮提画眉笼,两个在帮的'盘道',一个问'画眉吃什么?'——'吃肉',立刻抽出一把攮子,卷起裤腿,三刀切出一块三角肉,扔给画眉,画眉接着,吧咋吧咋,就吃了,有没有这回事?"鲍崇岳说:"瞎说!"鲍团长到绅士大户人家应酬出客,穿长衫,还加一件马褂。

鲍团长在这个县待了十多年,和县里的绅士都有人情来往,马家——马士杰家、王家——王蕴之家、杨家……每逢这几家有喜丧寿庆,他是必到的。事前也必送一个幛子或一副对子，幛子、对联上是他自己写的"石门铭"体的大字。一个武人，能写这样的字，使人惊奇。杨宜之说："据我看，全县写'石门铭'的，除了王荫之，要数你。什么时候王大太爷回来，你把你的字送给他看看。"

　　杨家是世家大族。杨宜之的父亲十九岁就中了进士，做过两任知府。杨家所住的巷子就叫杨家巷。杨家巷北头高，南头低，坡度很大，拉黄包车的从北头来，得直冲下来。杨家北面地势高，叫作"高台子"。由平地上高台子要过三十级砖阶。高台上一座大厅，很敞亮，是杨宜之宴客的地方。每回宴客，杨宜之都给鲍团长送去知单。鲍团长早早就到了。鲍团长是杨宜之的棋友。开席前后，大厅里有两桌麻将。别人打麻将，杨宜之和鲍崇岳在大厅西边一间小书房里下围棋。有时牌局三缺一，杨宜之只好去凑一角，鲍崇岳就一个人摆《桃花谱》，或是翻看杨宜之所藏的碑帖。

鲍团长家住在咸宁庵。从承志桥到咸宁庵,杨家巷是必经之路。有时离团部早,就顺脚跨进杨家的高门槛——杨家的门槛特别高,过去杨家有大事,就把门槛拆掉,好进轿子,找杨宜之闲谈一会儿。鲍崇岳的老伴熏了狗肉,鲍崇岳就给杨宜之带去一块,两个人小酌一回。——这地方一般人是不吃狗肉的。

近三个月来,鲍崇岳遇到三件不痛快的事。

第一件:

鲍崇岳早就把家眷搬来了。他有一儿一女,儿子叫鲍亚璜,女儿叫鲍亚琮。鲍亚璜、鲍亚琮和杨宜之的女儿杨淑媛从小同学,同一所小学,同一所初中。杨淑媛和鲍亚琮是同班好朋友。鲍亚璜比她们高一班。鲍亚琮常到杨淑媛家去,一同做功课、玩。杨淑媛也常到鲍亚琮家去。她们有什么算术题不会做,就问鲍亚璜。鲍亚璜初中毕业,考取了外地的高中,就要离开这个县了。一天,他给杨淑媛写了一封情书。这件事鲍崇岳不知道。他到杨宜之家去,杨宜之拿出这封信,说:"写这样的信,他们都太早了一点。"鲍崇岳看了信,很生气,说:"这小子,我回去要好好教训他一顿!"杨宜之说:"小孩子的事,不必认真。"杨宜之话说得很含蓄、很委婉,但是鲍崇岳从杨宜之的微笑中读出了言外之意:鲍家和杨家门第悬殊太大了!鲍团长觉得受了侮辱。从此,杨淑媛不再到鲍家来。鲍崇岳也很少到杨家去了。杨家有事,不得已,去应酬一下,不坐席。

第二件:

本县湖西有一个纨绔浮浪子弟,乘抗日军兴之机,拉起一支队伍,和顾祝同、冷欣拉上关系,号称独立混成旅,在里下河一带活动。他的队伍开到县境,祸害本土,鱼肉乡民,敲诈勒索,无所不为。他行八,本地人都称之为"八舅太爷"。本地把蛮不讲理的叫作舅太爷。商会会长王蕴之把鲍团长请去，希望他利用军伍前辈的身份，找八舅太爷规劝规劝。鲍团长这天特意穿了军装，到八舅太爷的旅部求见。门岗接了鲍团长的名片，说"请稍候"。不大一会儿，门岗把原片拿出来，说："旅长说：不见！"鲍崇岳一辈子没有碰过这样一鼻子灰，气得他一天没有吃饭。他这个老资格现在吃不开了。这么一点事都办不了，要他这个保卫团长干什么，他觉得愧对乡亲父老。

第三件：

本县有个大书法家王荫之，是商会会长王蕴之的长兄，合县人称之为大太爷。他写汉碑，专攻《石门铭》，他把《石门铭》和草书化在一起，创出一种"王荫之体"，书名满江南江北。鲍崇岳见过不少他的字，既遒劲，也妩媚，潇洒流畅，顾盼生姿，很佩服。他和无锡荣家是世交，常年住在无锡，荣家供养着他，梅园的不少联匾石刻都是他的手笔。他每年难得回本乡住一两个月。上个月，回乡来了。鲍崇岳拿了自己写的一卷字，托王荫之转给大太爷看看，请大太爷指点指点。如果有缘识荆，亲聆教诲，尤为平生幸事。过了一个月，王荫之回无锡去了，把鲍崇岳的一卷字留给了王蕴之。鲍崇岳拆开一看，并无一字题识。鲍崇岳心里明白：王荫之看不起他的字。

鲍崇岳绕室徘徊，忽然意决，提笔给王蕴之写了一封信，请求辞去保卫团长。信送出后，他叫老伴摊几张煎饼，卷了大葱面酱，就着一碟酱狗肉、一包炒花生，喝了一斤高粱。既醉既饱，铺开一张六尺宣纸，写了一个大横幅，融《石门铭》入行草，一笔到底，不少踟蹰，书体略似王荫之：

田彼南山

荒秽不治

种一顷豆

落而为萁

人生行乐耳

须富贵何时

　　写罢掷笔，用摁钉按在壁上，反复看了几遍，很得意。

　　　　　　一九九二年十一月二十二日

忧郁症

龚星北家的大门总是开着的。从门前过,随时可以看得见龚星北低着头,在天井里收拾他的花。天井靠里有几层石条,石条上摆着约三四十盆花。山茶、月季、含笑、素馨、剑兰。龚星北是望五十的人了,头发还没有白的,梳得一丝不乱。方脸,鼻梁比较高,说话的声气有点瓮。他用花剪修枝,用小铁铲松土,用喷壶浇水。他穿了一身纺绸裤褂,趿着鞋,神态消闲。

龚星北在本县算是中上等人家,有几片田产,日子原是过得很宽裕的。龚星北年轻时花天酒地,把家产几乎挥霍殆尽。

他敢陪细如意子同桌打牌。

细如意子姓王，"细如意子"是他的小名。全城的人都称他为"细如意子"，没有多少人知道他的大名。他兼祧两房，到底有多少亩田，连他自己也不清楚。这是个荒唐透顶的膏粱子弟。他的嫖赌都出了格了。他曾经到上海当过一天皇帝。上海有一家超级的妓院，只要你舍得花钱，可以当一天皇帝：三宫六院。他打麻将都是"大二四"。没人愿意陪他打，他拉人入局，说"我跟你老小猴"，就是不管输赢，六成算他的，三成算是对方的。他有时竟能同时打两桌麻将。他自己打一桌，另一桌请一个人替他打，输赢都是他的。替他打的人只要在关键的时候，把要打的牌向他照了照，他点点头，就算数。他打过几副"名牌"。有一次他一副条子的清一色在手，听嵌三索。他自摸到一张三索，不胡，随手把一张幺鸡提出来毫不迟疑地打了出去。在他后面看牌的人一愣。转过一圈，上家打出一张幺鸡。"胡！"他算准了上家正在做一副筒子清一色，手里有一张幺鸡不敢打，看细如意子自己打出一张幺鸡，以为追他一张没问题，没想到他胡的就是自己打出去的牌。清一色平胡。清一色三番，平胡一番，四番牌。老麻将只是"平"（平胡）、"对"（对对胡）、"杠"（杠上开花）、"海"（海底捞月）、"抢"（抢杠胡）加番，嵌当、自摸都没有番。围看的人问细如意子："你准知道上家手里有一张幺鸡？"细如意子说："当然！打牌，就是胆大赢胆小！"

龚星北娶的是杨六房的大小姐。杨家是名门望族。这位大小姐真是位大小姐，什么事也不管，连房门也不大出，一天坐在屋里看《天雨花》《再生缘》，喝西湖龙井，嗑苏州采芝斋的香草小瓜子。她吃的东西清淡而精致。拌荠菜、马兰头、申春阳的虾籽豆腐乳、东台的醉蛏鼻子、宁波的泥螺、冬笋炒鸡丝、车螯烧乌青菜。她对丈夫外面所为，从来不问。

前年她得了噎嗝。"风痨气臌嗝，阎王请的客"，这是不治之症。请医吃药，不知花了多少钱，拖了小半年，终于还是溘然长逝了。

龚星北卖了四十亩好田，买了一副上好的棺木，办了丧事。

丧事自有李虎臣帮助料理。

李虎臣是一个好管闲事的热心肠的人。亲戚家有红白喜事，他都要去帮忙。提调一切，有条有理，不须主人家烦心。

他还有个癖好，爱做媒。亲戚家及婚年龄的少男少女，他都很关心，对他们的年貌性格、生辰八字，全都了如指掌。

丧事办得很风光。细如意子送了僧、道、尼三棚经。杨家、龚家的亲戚都戴了孝，随柩出殡，从龚家出来，白花花的一片。路边看的人悄悄议论："龚星北这回是尽其所有了。"

丧偶之后，龚星北收了心，很少出门，每

天只是在天井里莳弄石条上的三四十盆花。山茶、月季、含笑、素馨。穿着纺绸裤褂，趿着鞋，意态消闲。

他玩过乐器，琵琶、三弦都能弹，尤其擅长吹笛。他吹的都是古牌子，是一个老笛师传的谱。上了岁数，不常吹，怕伤气。但是偶尔吹一两曲，笛风还是很圆劲。

龚星北有二儿一女。大儿子龚宗寅，在农民银行做事。二儿子龚宗亮，在上海念高中。女儿龚淑媛，正在读初中。

龚宗寅已经订婚。未婚妻裴云锦，是裴石坡的女儿。李虎臣做的媒。龚宗寅和裴云锦也在公共场合、亲戚家办生日做寿时见过，彼此印象很好。裴云锦的漂亮，在全城是出了名的。

裴云锦女子师范毕业后，没有出去做事。她得支撑裴家这个家。裴石坡可以说是"一介寒儒"。他是教育界的。曾经当过教育局的科长、县督学，做过两任小学校长。县里人提起裴石坡,都很敬重。他为人和气、正直,而且有学问。但是因为不善逢迎、没有后台,几次都被排挤了下来。赋闲在家,已经一年。这一年就靠一点很可怜的积蓄维持着。除了每天两粥一饭、青菜萝卜,裴石坡还要顾及体面,有一些应酬。亲友家有红白喜事,总得封一块钱"贺仪""奠仪",到人家尽到礼数。裴云锦有两个弟弟,裴云章、裴云文,都在读初中,云章读初三,云文读初二。他们都没有读大学的志愿。云章毕业后准备到南京考政法学校,云文准备到镇江考师范。这两个学校都是不要交费的。但是要给他们预备路费、置办行装,这得一笔钱。裴家的值一点钱的古董字画,都已经变卖得差不多了,上哪儿去弄这笔钱去?大姐云锦天天为这事发愁。裴石坡拿出一件七成新的滩羊皮袍,叫云锦去当了。云锦接过皮袍,眼泪滴了下来。裴石坡说:"不要难过。等我找到事,有了钱,再赎回来。反正我现在也不穿它。"

龚家希望裴云锦早点嫁过来。龚星北请李虎臣到裴家去说说。裴石坡通情达理,说一家没有个女人,不是个事,请李虎臣择定个日子。

裴云锦把姑妈接来,好帮着洗洗衣裳、做做饭。

裴云锦换了一身衣裳:水红色的缎子旗袍,白缎子鞋,鞋头绣了几瓣秋海棠。这是几年前就预备下的。云锦几次要卖掉,裴石坡坚决不同意,说:"裴石坡再穷,也不能让女儿卖她的嫁衣!"龚宗寅雇了两辆黄包车,龚宗寅、裴云锦各坐一辆,裴云锦嫁到龚家了。

龚家没有大办,只摆了两桌酒席,男宾女宾各一席。

裴云锦拜见了龚家的长辈,斟了酒。裴云锦是个林黛玉型的美人,瓜子脸,尖尖的下巴,眉清目秀,唇红齿白。穿了这一身嫁衣,更显得光彩照人。一个老姑奶奶攥着云锦的手,上上下下端详了半天,连声说:"不丑不丑!真标致!真是水葱也似的!宗寅啊,你小子有造化!可得好好待她,别委屈了人家姑娘!姑娘,他若是亏待了你,你来找我,我给你出气!"老姑奶奶在龚家很有权威性,谁都得听她的。她说一句,龚宗寅连忙答应:"嗳!嗳!嗳!"逗得一桌子大笑,连裴云锦也忍不住抿嘴笑了。

新婚宴尔,小两口十分恩爱。

进门就当家。三朝回门过后,裴云锦就想摸摸龚家究竟还有多少家底,好考虑怎么当这个家。检点了一下放田契房契的匣子。只有两张田契了,加在一起不到四十亩。有两张房契,一所是身底下住着的,一所是租给同康泰布店的铺面。看看婆婆的首饰箱子,有一对水碧的镯子、一只蓝宝石戒指、一只石榴米红宝石的戒指。这是万万动不得的。四口大皮箱里是婆婆生前穿过的衣裳,倒都是"慕本缎"

的。但是"陈丝如烂草",变不出什么钱来。裴云锦吃了一惊:原来龚家只剩下一个空架子,每月的生活只是靠宗寅的三十五块钱的薪水在维持着。

同康泰交的房钱够买米打油,但是龚家人大手大脚惯了,每餐饭总还要见点荤腥。公公每天还要喝四两酒,得时常给他炒一盘腰花,或一盘鳝鱼。

老大宗寅生活很简朴,老二宗亮可不一样。他在上海读启明中学。启明中学是一所私立中学,收费很贵,入学的都是少爷小姐(这所中学入学可以不经过考试,只要交费就行)。宗亮的穿戴不能过于寒碜,他得穿毛料的制服,单底尖头皮鞋。还要有些交际,请同学吃吃南翔馒头,乔家栅的点心。

小姑子龚淑媛初中没有毕业,就做了事,在电话局当接线生。这个电话局是私人办的。龚淑媛靠了李虎臣的面子才谋到这个工作。薪水很低，一个月才十六块钱。电话局很小，全县城也没有几部电话，工作倒是很清闲。但是龚淑媛心里很不痛快。她的同班同学都到外地读了高中，将来还会上大学的，她却当了个小小的接线生，她很自卑，整天耷拉着脸。她和大嫂的感情也不好。她觉得她落到这一步，好像裴云锦要负责。她怀疑裴云锦"贴娘家"。

"贴娘家"也是有之的。逢年过节，裴家实在过不去的时候，龚宗寅就会拿出十块、八块钱来，叫裴云锦偷偷地塞给姑妈，好让裴石坡家混过一段。裴云锦不肯，龚宗寅说："送去吧，这不是讲面子的时候！"

龚家到了实在困难的时候，就只有变卖之一途。裴云锦把一些用不着的旧锡器、旧铜器搜出来，把收旧货的叫进门，作价卖了。她把一副郑板桥的对子、一幅边寿民的芦雁交给李虎臣卖给了季匋民。这样对对付付地过日子，本地话叫作"折皱"。

又要照顾一个穷困的娘家,又要维持一个没落的婆家,两副担子压在肩膀上,裴云锦那么单薄的身子,怎么承受得住?

嫁过来已经三年,裴云锦没有怀孕,她深深觉得对不起龚家。

裴云锦疯了!有人说她疯了,有人说她得了精神病,其实只是严重的忧郁症。她一天不说话,只是搬了一张椅子坐在房门口,木然地看着檐前的日影或雨滴。

龚宗寅下班回来,看见裴云锦没有坐在门口,进屋一看,她在床头栏杆上吊死了。解了下来,已经气绝多时。龚宗寅大喊:"我对不起你!对不起你呀!这些年你没有过过一天松心的日子呀!"裴石坡闻讯赶来,抚尸痛哭:"是我拖累了你,是我这个无用的老子拖累了你!"

裴云锦舌尖微露,面目如生。上吊之前还淡淡抹了一点脂粉。她穿着那身水红色缎子旗袍,脚下是那双绣几瓣秋海棠的白缎子鞋。

龚星北做主，把那只蓝宝石戒指卖了，买了一口棺材。不要再换衣服，就用身上的那身装殓了。这身衣服，她一生只穿过两次。

龚星北把天井里的山茶、月季、含笑、素馨的花头都剪了下来，撒在裴云锦的身上。

年轻暴死，不好在家停灵，第二天就送到龚家祖坟埋葬了。

送葬的有龚星北、龚宗寅、龚淑媛——龚宗亮没有赶回来；裴石坡、裴云章、裴云文、李虎臣；还有裴云锦的几个在女子师范时的要好的同学。无鼓乐、无鞭炮，冷冷清清，但是哀思绵绵，路旁观者，无不泪下。

送葬回来，龚星北看看天井里剪掉花头的空枝，取下笛子，在笛胆里注了一点水，笛膜上蘸了一点唾沫，贴了一张"水膏药"，试了试笛声，高吹了一首曲子，曲名《庄周梦》。

一九九三年七月十七日

小姨娘

小姨娘章叔芳是我的继母的异母妹妹。她比我才大两岁。我们是同学,在同一所初中读书。她比我高一班。她读初三,我读初二。那年她十六岁,我十四。但是在家里我还是叫她小姨娘。

章家是乡下财主。他们原来在章家庄住。章家庄是一个很大的庄子。庄里有好几户靠田产致富的财主,章家在庄里是首户。后来外公在城里南门盖了一所房子,就搬到城里来了。章老头儿脾气很"藏",除了几家至亲(也都是他那样的乡下财主),跟谁也不来往。他和城里的上代做过官,有功名的世家绅士不通庆吊。他说："我不巴结他们！"地方上有关公益的事情，修桥铺路、施药、开粥厂……他一毛不拔，不出一个钱。因此得了一个外号："章臭屎"。

章家的房子很朴实，没有什么亭台楼阁，但是很轩敞豁亮。砖瓦木料都是全新的。外公奉行朱柏庐治家格言："黎明即起，洒扫庭院，要内外整洁。"他虽然不亲自洒扫，但要督促用人。他的大厅上的箩底方砖上连一根草屑也没有。桌椅只是红木的（不是"海梅"、紫檀），但是每天抹拭，定期搽核桃油，光可鉴人。榫头稍有活动，立刻雇工修理。

章家没有花园，却有一座桑园，种的都是湖桑。又不养蚕，种那么多桑树干什么？大厅前面天井里的石条上却摆了十几盆橙子。橙子在我们那不多见。橙子结得很好，下雪天还黄澄澄地挂在枝头，叶子不落，碧绿的。

章家家规很严，我从来没有见过外公笑

过。他们家的都不会喝酒。老头子生日、姑奶奶归宁，逢年过节，摆席请客，给客人预备高粱酒——其实只有我父亲一个人喝，他们自己家的人只喝糯米做的甜酒。席上没有人划拳碰杯，宴后也没有人撒酒疯。家里不许赌钱。过年准许赌五天，但也限于掷骰子赶老羊，不许打麻将，更不许推牌九。在这个家里听不到有人大声说笑，说话声音都很低，整天都是静悄悄的。

章家人都很爱干净，勤理发，勤洗澡，勤换衣裳，什么时候都是精神饱满、容光焕发。章家的人都长得很漂亮。二舅舅、三舅舅都可称为美男子。章老头儿只是一张圆圆的脸，身体很健壮，外婆也不见得太好看，生的儿女却都那么出众，有点奇怪。

我们初中有两个公认为最好看的女生。一个是胡增淑，一个是章叔芳。胡增淑长得很性感，她走路爱眯着眼，扭腰，袅袅婷婷，真是

"烟视媚行"。她深知自己长得好看,从镜子面前经过,反光的玻璃面前,总要放慢脚步,看看自己。章叔芳和胡增淑是两种类型。她长得很挺直,头发剪得短短的,有点像男孩子。眼睛很大、很黑,闪烁有光。她听人说话都是平视。有时眨两下眼睛,表示"哦,是这样!"或"是吗?是这样吗?"她眉宇间有一股英气,甚至流露一点野性,但不细看是看不出来的,她给人的印象还是很文静、很秀雅的。

她不知为什么会爱上了宗毓琳。

宗毓琳和他的弟弟宗毓珂都和我同班。宗家原是这个县的人,宗毓琳的父亲后来到了上海,在法租界巡捕房当了"包打听"——低级的侦探。包打听都在青红帮,否则怎么在上海混?不知道为什么宗家要把两个儿子送回家乡来读初中,可能是为了可以省一点费用。

和章叔芳同班有一个同学叫王霈。王霈的

父亲是个吟诗写字的名士，他盖的房子很雅致。进门是一个大花园，有一片竹子。王霈的父亲在竹丛当中盖了一个方厅——四方的厅，像一个有门有窗的大亭子。这本是王诗人宴客听雨的地方。近年诗人老去，雅兴渐减，就把方厅锁了起来，空着。宗家经人介绍，把方厅租了下来，宗家兄弟就住在方厅里。

宗家兄弟也只是初中生，不见得有特别处。他们是在上海长大的，说话有一点上海口音，但还是本地话，因为这位包打听的家里说的还是江北话。他们的言谈举止有点上海的洋气，不像本地学生那样土。衣着倒也是布料的，但是因为是宁波裁缝做的，式样较新。颜色也不只是竹布的、蓝布的，而是糙米色的、铁灰色的。宗毓珂的乒乓球打得很好，是全校的绝对冠军。宗毓琳会写散文小说，模仿谢冰心、朱自清、张资平、郁达夫。这在我们那个初中里倒是从来没有的。我们只会写"作文"。我们的初中有一个《初中壁报》，是学生自治会办的。每期的壁报刊头都是我画的。《壁报》是这个初中的才子的园地，大家都要看的。宗毓琳每期都在《壁报》上发表作品（抄在稿纸上，贴在一块黑板上）。宗毓琳中等身材，相貌并不太出众，有点卷发，涂了"司丹康"，显得颇为英俊。

小姨娘就为这些爱了他？

小姨娘第一次到宗毓琳住的方厅，是为了去借书——宗毓琳有不少"新文学"的书。是由小舅舅章鹤鸣陪着去的。章鹤鸣和我同班、同岁。

第二次，是去还书。这天她和宗毓琳就发生了关系。章叔芳主动，她两下就脱了浑身衣服。两人都没有任何经验。他们的那点知识都是从《西厢记·佳期》《红楼梦·贾宝玉初试云雨情》得来的。初试云雨，紧张慌乱。宗毓琳不停地发抖，浑身出汗。倒是章叔芳因为比宗毓琳大一岁，懂事较早，使宗毓琳渐渐安定，才能成事。从此以后，章叔芳三天两头就去宗毓琳住的方厅。少男少女，情色相当，哼哼唧唧，美妙非常。他们在屋里欢会的时候，章鹤鸣和宗毓珂就在竹丛中下象棋，给他们望风。他们的事有些同学知道了。因为王霈的同学常到王霈家去玩，怎么能会看不出蛛丝马迹？同学们见章鹤鸣和宗毓珂在外面下象棋，就知道章叔芳和宗毓琳在里面"画地图"——他们做了"坏事"，总会在被单上留下斑渍的。

　　没有不透风的墙。小姨娘的事终于传到外公的耳朵里。王霈的未婚妻童苓湘和章叔芳同班。童苓湘是我的大舅妈的表妹。童苓湘把章叔芳的事和表姐谈了。大舅妈不敢不告诉婆婆。外婆不敢不告诉外公。外公听了，暴跳如雷。他先把小舅舅鹤鸣叫来，着着实实打了二十界方，小舅舅什么都说了。

外公把小姨娘揪着耳朵拉到大厅上，叫她罚跪。

伤风败俗，丢人现眼……！

才十六岁……！

一个"包打听"的儿子……！

章老头儿抓起一个祖传的霁红大胆瓶，叭嚓一下，摔得粉碎。

全家上下，鸦雀无声。大舅舅的小女儿三三也都吓得趴在大舅妈的怀里不敢动。

小姨娘直挺挺地跪在大厅里，不哭，不流一滴眼泪，眼睛很黑、很大。

跪了一个多小时。

后来是二嫂子——我的二舅妈拉她起来，扶她到她的屋里。

二舅妈是丹阳人。丹阳是介乎江南和江北之间的地方。她是在上海商业专科学校和二舅舅恋爱，结了婚到本县来的。——我的外公对儿子的前途有他的独特的设想，不叫他们上大学，二舅、三舅都是读的商专。二舅妈是一个典型的古典美人，瓜子脸、一双凤眼，肩削而腰细。她因为和二舅舅热恋，不顾一切，离乡背井，嫁到一个苏北小县的地主家庭来，真是要有一点勇气。她嫁过来已经一年多，但是全家都还把她当作新娘子，当作客人，对她很客气。但是她很寂寞。她在本县没有亲戚，没有同学，也没有朋友，而且和章家人语言上也有隔阂，没有什么可以说说话的人。丈夫——我的二舅舅在县银行工作，早出晚归。只有二舅舅回来，她才有说有笑（他们说的是掺杂了上海话、丹阳话和本地话的混合语言）。二舅舅上班，二舅妈就只有看看小说，写写小字——临《灵飞经》。她爱吹箫，但是在这个空气严肃的家庭里——整天静悄悄的，吹箫，似乎不大合适，她带来的一支从小吹惯的玉屏洞箫，就一直挂在壁上。她是寂寞的。但是这种寂寞又似乎是她所喜欢的。有时章叔芳到她屋里来，陪她谈谈。姑嫂二人，推心置腹，无话不谈。她是自由恋爱结婚的，对小姑子的行为是同情的、理解的，虽然也觉得她太年轻，过于任性。

二嫂子为什么敢于把章叔芳拉起来，扶到自己屋里？因为她知道公爹奈何不得，他不能冲到儿媳妇的屋里去。

章老头儿在外面跳脚大骂：

"你给我滚出去！滚！敢回来，我打断你的腿！"

老头儿气得搬了一把竹椅在桑园里一个人坐着，晚饭也不吃。

章叔芳拣了几件衣裳，打了个包袱往外走。外婆塞给她一包她攒下的私房钱，二舅妈把手上戴的一对金镯子抹下来给了她。全家送她。她给妈磕了一个头，对全家大小深深地鞠了三个躬，开了大门。门外已经雇好了一辆黄包车等着，她一脚跨上车，头也不回，走了。

第二天她和宗毓琳就买了船票，回上海。

到上海后给二嫂子来过一封信，以后就再没有消息。

初中的女同学都说章叔芳很大胆，很倔强，很浪漫主义。

过了两年，章老头儿生病死了——亲戚们议论，说是叫章叔芳气死的，二哥写信叫她回来看看，说妈很想她。

她回来了，抱着一个孩子。

她对着父亲的灵柩磕了三个头。没哭。

她在娘家住了三个月，住的还是她以前住的房，睡的是她以前睡的床。

我再看见她时她抱了个一岁多的孩子在大厅里打麻将。章老头儿死后，章家开始打麻将了。二哥、大嫂子，还有一个表婶。她胖了。人还是很漂亮。穿得很时髦，但是有点俗气。看她抱着孩子很熟练地摸牌，很灵巧地把牌打出去，完全像一个"包打听"人家的媳妇。

她的大胆、倔强、浪漫主义全都没有一点影子了。

章家人很精明,他们在新四军快要解放我们家乡的前一年,把全部田产都卖了,全家到南洋去做了生意。因此他们人没有受罪,家产没有损失。听说在南洋很发财。——二舅舅、三舅舅都是学的商业专科学校,懂得做生意。

他们是否把章叔芳也接到南洋去了呢?没听说。

胡增淑后来在南京读了师范,嫁了一个飞行员。飞行员摔死了,她成了寡妇。有同学在重庆见到她,打扮得花枝招展,还挺媚。后来不知怎么样了。

一九九三年七月九日

小孃孃

　　来蟪园谢家是邑中书香门第,诗礼名家,几代都中过进士。谢家好治园林。乾嘉之世,是谢家鼎盛时期,盖了一座很大的园子。流觞曲水,太湖石假山,冰花小径两边的书带草,至今犹在。当花园落成时正值百花盛开,飞来很多蝴蝶,成群成阵,蔚为奇观,即名之为来蟪园。一时题咏甚多,大都离不开庄周,这也是很自然的。园中花木,后来海棠丁香,都已枯死,只有几棵很大的桂花,还很健壮,每到八月,香闻园外。原来有几个花匠,都已相继离散,只有一个老花匠一直还留了下来。他是个聋子,姓陈,大家都叫他陈聋子。他白天睡觉，夜晚守更。每天日落，他各处巡视一回（来蜨园任人游览，但除非与主人商量，不能留宿夜饮），把园门锁上，偌大一个园子便都交给清风明月，听不到一点声音。

谢家人丁不旺，几代单传，又都短寿。谢普天是唯一可以继承香火的胤孙。他还有个姑妈谢淑媛，是嫡亲的，比谢普天小三岁。这地方叫姑妈为"孃孃"，谢普天叫谢淑媛为"孃孃"或"小孃"。小孃长得很漂亮。

谢普天相貌英俊，也很聪明。他热爱艺术，曾在上海美专学过画——国画和油画，素描功底扎实，也学过雕塑。不到毕业，就停学回乡，在中学教美术课。因为谢家接连办了好几次丧事，内囊已空，只剩下一个空大架子，他得维持这个空有流觞曲沼、湖石假山的有名的"谢家花园"（本地人只称"来蜨园"为"谢家花园"，很多人也不认识"蜨"字），供应三个人吃饭，包括陈聋子。陈聋子恋旧，不计较工钱，但饭总得让人家吃饱。停学回乡，这在谢普天是一种牺牲。

谢普天和谢淑媛都住在"祖堂屋"。"祖堂屋"是一座很大的五间大厅，正面大案上列供谢家祖先的牌位，别无陈设，显得空荡荡的。谢普天、谢淑媛各住一间卧室，房门对房门。谢普天对小孃照顾得很体贴细致。谢家生计，虽然拮据，但谢普天不让小孃受委屈，在衣着穿戴上不使小孃在同学面前显得寒碜。夏天，香云纱旗袍；冬天，软缎面丝绵袄、西装呢裤、白羊绒围巾。那几年兴一种叫作"童花头"的发式（前面留出长刘海，两边遮住耳朵，后面削薄修平，因为样子像儿童，故名"童花头"），都是谢普天给她修剪，比理发店修剪得还要"登样"。谢普天是学美术的，手很巧，剪个"童花头"还在话下吗？谢淑媛皮肤细嫩，每年都要长冻疮。谢普天给小孃用双氧水轻轻地浸润了冻疮痂巴，轻轻地脱下袜子，轻轻地用双氧水给她擦洗，拭净。"疼吗？"——"不疼。你的手真轻！"

单靠中学的薪水不够用，谢普天想出另一种生财之道——画炭精粉肖像。一个铜质高脚放大镜，镜面有经纬刻度，放在照片上；一张整张的重磅画纸上也用长米达尺绘出经纬度，用铅笔描出轮廓，然后用剪齐胶固的羊毫笔蘸了炭精粉，对照原照，反复擦蹭。谢普天解嘲自笑："这是艺术么？"但是有的人家喜欢这样的炭精粉画的肖像，因为："很像"！本地有几个画这样肖像的"画家"，而以谢普天生意最好，因为同是炭精像，谢普天能画出眼神、脸上的肌肉和衣服的质感，那年头时兴银灰色的"宁绸"，叫作"慕本绸"。

为了赶期交"货"，谢普天每天工作到很晚，在煤油灯下聚精会神地一笔一笔擦蹭。小孃坐在旁边做针线，或看小说——无非是《红楼梦》、《花月痕》、苏曼殊的《断鸿零雁记》之类的言情小说。到十二点，小孀才回房睡觉，临走说一声："别太晚了！"

一天夜里大雷雨，疾风暴雨，声震屋瓦。小孀神色慌张，推开普天的房门：

"我怕！"

"怕？——那你在我这儿待会儿。"

"我不回去。"

"……"

"你跟我睡！"

"那使不得！"

"使得！使得！"

谢淑媛已经脱了衣裳，噗的一声把灯吹熄了。

雨还在下。一个一个蓝色的闪把屋里照亮，一切都照得很清楚。炸雷不断，好像要把天和地劈碎。

他们陷入无法解决的矛盾之中。他们在做爱时觉得很快乐，但是忽然又觉得很痛苦。他们很轻松，又很沉重。他们无法摆脱犯罪感。

谢淑媛从小娇惯，做什么都很任性，她不像谢普天整天心烦意乱。她在无法排解时就说："活该！"但有时又想：死了算了！

每年清明节谢家要上坟。谢家的祖茔在东乡，来蟪园在城西，从谢家花园到祖坟，要经过一条东大街。谢淑媛是很喜欢上坟的。街上店铺很多，可以东张西望。小风吹着，全身舒服。从去年起，她不愿走东大街了。她叫陈聋子挑了放祭品的圆笼自己从东大街先走，她和普天从来蟪园后门出来，绕过大淖、泰山庙，再走河岸上向东。她不愿走东大街，因为走东大街要经过居家灯笼店。

居家姊妹三个，都是疯子。大姐好一点，有点像个正常人，她照料灯笼店，照料一家人吃饭——一日三餐，两粥一饭。糙米饭、青菜汤。疯得最厉害的是兄弟。他什么也不做，一早起来就唱，坐在柜台里，穿了靛蓝染的大襟短褂。不知道他唱的是什么，只听到沙哑沉闷的声音(本地叫这种很不悦耳的声音为"呆声绕气")。他哪有这么多唱的,一天唱到晚!妹妹总坐在柜台的一头糊灯笼,脸上带着一种奇怪的微笑。姐妹二人都和兄弟通奸。疯兄弟每天轮流和她们睡,不跟他睡他就闹。居家灯笼店的事情街上人都知道,谢淑媛也知道。她觉得"格应"。

隔墙有耳,谢家的事外间渐有传闻。街谈巷议,觉得岂有此理。有一天大早,谢普天在来蜨园后门不显眼处发现一张没头帖子:

> 管什么大姑妈小姑妈,
> 你只管花恋蝶蝶恋花,
> 满城风雨人闲话,
> 谁怕!
> 倒不如海走天涯,
> 赤条条来去无牵挂,
> 倒大来潇洒。

谢普天估计得出,这是谁写的——本县会写散曲的再没有别人,最后两句是一种善意的规劝。

他和小孀孀商量了一下:走!离开这座县城,走得远远的!他的一个上海美专的同学顾山是云南人,他写信去说,想到云南来。顾山回信说欢迎他来,昆明气候好,物价也便宜,他会给他帮助。把一块祖传的大蕉叶白端砚,一箱字画卖给了季匋民,攒了路费,他们就上路了。计划经上海、香港,从海防坐滇越铁路火车到昆明。

谢淑媛没有见过海,没有坐过海船,她很兴奋、很活泼,走上甲板,靠着船舷,说说笑笑,指指点点,显得没有一点心事,说:"我这辈子值得了!"

谢普天经顾山介绍,在武成路租了一间画室。他画了不少工笔重彩的山水、人物、花卉,有人欣赏,卖出了一些,但是最受欢迎的还是炭精肖像，供不应求。昆明果然是四季如春。鸡㙡、干巴菌、牛肝菌、青头菌都非常好吃，谢淑媛高兴极了。他们游览了很多地方：石林、阳中海、西山、金殿、黑龙潭、大理，一直到玉龙雪山。读万卷书，行万里路，谢普天的画大有进步。他画了一些裸体人像，谢淑媛给他当模特。画完了，谢淑媛仔仔细细看了，说："这是我吗？我这么好看？"谢普天抱着小孃周身吻了个遍："不要让别人看！"——"当然！"

谢淑媛变得沉默起来，一天说不了几句话。谢普天问："你怎么啦？"——"我有啦！"谢普天先是一愣，接着说："也好嘛。"——"还好哩！"

谢淑媛老是做噩梦。梦见母亲打她，打她的全身，打她的脸；梦见她生了一个怪胎，样子很可怕；梦见她从玉龙雪山失足掉了下来，一直掉，半天也不到地……每次都是大叫醒来。

谢淑媛的肚子一天比一天大,已经显形了。她抚摸着膨大的小腹,说:"我作的孽!我作的孽!报应!报应!"

谢淑媛死了。死于难产血崩。

谢普天把给小孃画的裸体肖像交给顾山保存,拜托他十年后找个出版社出版。顾山看了,说:"真美!"

谢普天把小孃的骨灰装在手制的瓷瓶里带回家乡,在来蜨园选一棵桂花,把骨灰埋在桂花下面的土里,埋得很深,很深。

谢普天和陈聋子(他还活着)告别,飘然而去,不知所终。

(初刊于一九九六年)

莱生小爷

莱生小爷家有一只鹦鹉。

莱生小爷是我们本家叔叔。我们那里对和父亲同一辈的弟兄很少称呼"伯伯""叔叔"的,大都按他们的年龄次序称呼"大爷""二爷""三爷"……年龄小的则称之为"小爷"。汪莱生比我父亲小好几岁,我们就叫他"小爷"。有时连他的名字一起叫,叫"莱生小爷",当面也这样叫。他和我父亲不是嫡堂兄弟,但也不远,两房是常走动的。

莱生小爷家比较偏僻,大门开在方井巷东口。对面是一片菜园。挨着莱生小爷家,往西,只有几户人家。再西,出巷口即是"阴城"。"阴城"即一片乱葬岗子，层层叠叠埋着许多无主孤坟，草长得很高。

我的祖母——我们一族人都称她"太太"，有时要出门走走，常到方井巷外看看野景，吩咐种菜园的人家送点菜到家里。菜园现拔的菜叫"起水鲜"，比上市买的好吃。下霜之后的乌青菜（有些地方叫塌苦菜或塌棵菜）尤其鲜美，带甜味。太太到阴城看了野景，总要到莱生小爷家坐坐，歇歇脚，喝一杯小婶送上来的热茶，说些闲话，问问今年的收成，问问楚中——莱生小爷的大舅子，小婶的大哥的病好些了没有。

太太到方井巷，都叫我陪着她去。

太太和小婶说着话，我就逗鹦鹉玩。

鹦鹉很大，绿毛，红嘴，用一条银链子拴在一个铁架子上。它不停地窜来窜去，翻上翻下，呷呷地叫。丢给它几颗松子、榛子，它就嘎巴嘎巴咬开了吃里面的仁。这东西的嘴真硬，跟钳子似的。我们县里只有这么一只鹦鹉，绿毛，红嘴，真好玩。莱生小爷不知是从哪里买来的。

莱生小爷整天没有什么事。他在本家中家境是比较好的，从他家里摆设用具、每天的饭菜就看得出来。——我们的本家有一些是比较穷困的，有的竟是家无隔宿之粮。他田地上的事，看青、收租，自有"田禾先生"管着。他不出大门，不跟人来往，与人不通庆吊。亲戚家有娶亲、做寿的，他一概不到，由小婶用大红信套封一份"敬仪"送去。他只是喂鹦鹉一点食，就钻进后面的书房里。他喜欢下围棋，没有人来和他对奕[1]，他就一个人摆棋谱，一摆一上午。他养了十来盆蒲草。一盆种在一个小小的均窑漆[2]盆里，其余的都排在天井里的

---

1 "奕"同"弈"。——编者注
2 "漆"疑为"浅"。——编者注

石条上。他不养别的花。每天上午用一个小喷壶给蒲草浇一遍水,然后就在藤椅上一靠,睡着了,一直到孩子喊他去吃饭。

他食量很大,而且爱吃肥腻的东西。冰糖肘子、红烧九转肥肠、"青鱼托肺"——烧青鱼内脏。家里红烧大黄鱼,鱼鳔照例归他——这东西黏黏糊糊的,黏得鳔嘴,别人也不吃。

他一天就是这样,吃了睡,睡了吃,无忧无虑,快活神仙。直到他的小姨子肖玲玲来了,才在他的生活里激起了一阵轩然大波。

肖玲玲是小婶的妹妹。她在上海两江女子体育师范读书。放暑假,回家乡来住住。肖玲玲这二年出落得好看了。脸盘、身材都发生了变化。在上海读了两年书,说话、举止都带了点上海味儿。比如她称呼从前的女同学都叫"密斯×",穿的衣服都是抱身。这个小城里的人都说她很"摩登"。她常到大姐家来,姊妹俩感情很好,有说不完的话。玲玲擅长跳舞、北欧土风舞、恰尔斯顿舞（这些舞在体育师范都是要学的）。她读过的中学请她去教，她也很乐意："one two three four,一、二、三、四，二、二、三、四……"

玲玲来了，莱生小爷就目不转睛地看着她，听她说话，一脸傻气。

他忽然向小婶提出一个要求，要娶玲玲做二房。小婶以为她听岔了音，就说："你说什么？"——"我要娶玲玲，让她做小，当我的姨太太！"——"你这说的是什么话！快别再说了，叫人家听见了笑话。我们是亲姊妹，有姊妹俩同嫁一个男人的吗？有这种事吗？"——"有！古时候就有，娥、娥、娥……"小爷说话有点结巴，"娥"了半天也没有"娥"出来，小婶觉得又好气，又好笑。

打这儿起，就热闹了。莱生小爷成天和小婶纠缠，成天的闹。

"我要玲玲，我要玲玲！"

"我要玲玲嫁我!"

"我要玲玲做小!"

"娶不到玲玲,我就不活了,我上吊!"

小婶叫他闹得不得安身,就说:"要不你去找我大哥肖楚中说说去,问问玲玲本人。"

"我不去,你替我去!"

小婶叫他闹得没有办法,就回娘家找大哥肖楚中。

肖家没有多少产业,靠肖楚中在中学教英文,按月有点收入。他有胃病,有时上课胃疼,就用铅笔顶住胃部。但是亲友婚嫁,礼数不缺。

小婶跟大哥说:

"莱生要娶玲玲做小。"

肖楚中听明白了,气得浑身发抖。

"放屁!有姊妹二人嫁一个男人的吗?"

"他说有,娥皇女英就是这样。"

"放屁!娥皇女英是什么时代的事,现在

是什么时代？难道能回到唐尧虞舜的时代吗？这是对玲玲的侮辱，也是对我肖家的侮辱！亏你还说得出口，替这个混蛋来做这种说客！"

"我是叫他闹得没有办法！他说他娶不到玲玲就要上吊。"

"他爱死不死！你叫他吓怕了，你太懦弱！——这事你千万别跟玲玲提起！"

"那怎么办呢？"

"不理他！——我有办法，他再闹，我告到二太爷那里去（二太爷是我的祖父，算是族长），把他捆起来送到祠堂里打一顿，他就老实了！这是废物一个，好吃懒做的寄生虫，真是异想天开，莫名其妙！"

小婶把大哥的话一五一十传给了汪莱生。真要是送到祠堂里打一顿，他也有点害怕。这以后他就不再胡搅蛮缠了，但有时还会小声嘟囔："我要玲玲，我要娶玲玲……"

他吃得还是那么多，还是爱吃肥腻。

有一天，吃完饭，莱生回他的书房，走在石头台阶上，一脚踩空，摔了一跤。小婶听见咕咚一声，赶过来一看，他起不来了。小婶自己，两个孩子，还叫了挑水的老王，一起把他抬到床上去。他块头很大，真重！在床上躺下后，已经中风失语。

小婶请来刘老先生（这是有名的中医）。刘先生看看莱生的舌苔、眼睛，号了号脉，开了一个方子。前面医案上写道：

"贪安逸，食厚味，乃致病之源。拟投以重剂，活血化瘀。"

小婶看看药方，有犀角、麝香，知道这都是大凉通窍的药，而且知道这服药一定很贵。

刘老先生喝着小婶给他倒的茶，说："他的病不十分要紧，吃了这药，一个月以后可能下地。能走动了，叫他出去走走。人不能太闲，太闲了，好人也会闲出病来的。"

一个月后，莱生小爷能坐起来，能下地走

走了，人瘦了一大圈。他能说话了，但是话很少。他又添了一宗毛病，成天把玻璃柜橱的门打开，又关上；打开，又关上，嘴里不停地发出拉胡琴定弦的声音：

"gà gi, gi gà, gà gi, gi gà……"

然后把柜橱的铜环摇动得山响：

"哗啦哗啦哗啦……"

很难说他得了神经病，但可说是成了半个傻子。

"gà gi, gi gà, gà gi gi gà……"

"哗啦哗啦哗啦。"

我离乡日久，不知道莱生小爷后来怎么样了。按年龄推算，他大概早已故去。我有时还会想起他来，想起他的鹦鹉、他的十来盆蒲草。

一九九五年九月二十二日

名士和狐仙

杨渔隐是个怪人。怪处之一，是不爱应酬。杨家在县里是数一数二的高门望族，功名奕世，很是显赫。杨渔隐的上一代曾经是一门三进士，实属难得。杨家人口多，共八房。杨家子弟彼此住得很近，都是深宅大院。门外有石鼓，后园有紫藤、木香。他们常来常往，遇有年节寿庆，都要相互宴请。上一顿的肴核才撤去，下一顿的席面即又铺开。照例要给杨渔隐送一回"知单"请大爷过来坐坐（杨渔隐是大房），杨渔隐抓起笔来画了一个字："谢"，意思是不去。他的堂兄堂弟知道他的脾气，也不再派人催请。杨渔隐住的地方比较偏僻，地名大淖大巷。一个小小的红漆独扇板扉，不像是大户人家的住处。这是一个侧门，想必是另有一座大门的，但是大门开在什么方向，却很少人知道。便是这扇侧门也整天关着，好像里面没有住人。只有厨子老王到大淖挑水，老花匠出来挖河泥（栽花用），女用人小莲子上街买鱼虾菜蔬，才打开一会儿。据曾经向门里窥探过的人说：这座房子外面看起来很朴素，里面的结构装修却是很讲究的，而且种了很多花木。杨渔隐怎么会住到这么一个地方来？也许这是祖上传下来的一所别业，也许是杨渔隐自己挑中的，为了清静，可以远离官衙闹市。

杨渔隐很少出来，有时到南纸店去买一点纸墨笔砚，顺便在街上闲走一会儿，街坊邻居就可以看到"大太爷"的模样。他长得微胖，稍矮，很结实，留着一把乌黑的浓髯，双目炯炯有神。

杨渔隐不爱理人，有时和一个邻居面对面碰见了，连招呼都不打一个。因此一街人都说杨渔隐架子大，高傲。这实在也有点冤枉了杨渔隐，他根本不认识你是谁！

杨渔隐交游不广，除了几个作诗的朋友，偶然应渔隐折简相邀，到他的书斋里吟哦唱和半天，是没有人敲那扇红漆板扉的。

杨渔隐所做的一件极大的怪事，是他和女用人小莲子结了婚。

这地方把年轻的女用人都叫作"小莲子"。小莲子原来是伺候杨渔隐的夫人的病的。杨渔隐的夫人很喜欢她，一见面就觉得很投缘。杨渔隐的夫人得的是肺痨，小莲子伺候她很周到，给她煎药、熬燕窝、煮粥。杨夫人没有胃口，每天只能喝一点晚米稀粥，就一碟京冬菜。她在床上躺了三年，一天不如一天。她自己知道没有多少日子了，就叫小莲子坐在床前的杌凳上，跟小莲子说："我不行了。我死后，你要好好照顾老爷。这样我就走得放心了。我在地下会感激你的。"小莲子含泪点头。

杨夫人安葬之后,小莲子果然对杨渔隐伺候得很周到。每到换季,单夹皮棉,全都准备好了。冬天床上铺了厚厚的稻草,夏天换了凉席。杨渔隐爱吃鱼,小莲子很会做鱼。鳊、白、鲦,清蒸、氽汤,不老不嫩,火候恰到好处。

日长无事,杨渔隐就教小莲子写字(她原来跟杨夫人认了不少字),小字写《洛神赋》,教她读唐诗,还教她作诗。小莲子非常聪明,一学就会。杨渔隐把小莲子的窗课拿给他的作诗的朋友看,他们都大为惊异,连说:"诗很像那么回事,小楷也很娟秀,真是有夙慧!夙慧!"

杨渔隐经过长期考虑,跟小莲子提出,要娶她。"你跟我这么久,我已经离不开你;外人也难免有些闲话。我比你大不少岁,有点委屈了你。你考虑考虑。"小莲子想起杨夫人临终的嘱咐,就低了头说:"我愿意。"

把房屋裱糊了一下,请诗友写了几首催妆诗,贴在门后,就算办了事。杨渔隐请诗友们不要把诗写得太"艳",说:"我这不是扶正,更不是纳宠,是明媒正娶地续弦,小莲子的品格很高,不可亵玩!"

杨渔隐娶了小莲子,在他们亲戚本家、街坊邻居间掀起了轩然大波。他们认为这简直是岂有此理!这是杨渔隐个人的事,碍着别人什么了?然而他们愤愤不平起来,好像有人踩了他的鸡眼。这无非是身份门第间的观念作怪。如果杨渔隐不是和小莲子正式结婚,而是娶小莲子为妾,他们就觉得这可以,这没有什么,这行!杨渔隐对这些议论纷纷、沸沸扬扬,全不理睬。

杨渔隐很爱小莲子,毫不避讳。他时常搀着小莲子的手,到文游台凭栏远眺。文游台是县中古迹，苏东坡、秦少游诗酒流连的地方，西望可见运河的白帆从柳树梢头缓缓移过。这地方离大淖很近，几步就到了。若遇天气晴和，就到西湖泛舟。有人说：这哪里是杨渔隐，这是《儒林外史》里的杜少卿！

杨渔隐忽然得了急病。一只筷子掉到地上，他低头去捡，一头栽下去就没有起来。

小莲子痛不欲生，但是方寸不乱，她把杨渔隐的过继侄子请来，商量了大爷的后事。根据杨渔隐生前的遗志，桐棺薄殓，送入杨氏祖茔安葬，不在家里停灵。

送走了大爷，小莲子觉得心里空得很。她整天坐在杨渔隐的书房里，整理大爷的遗物：藏书法帖、古玩字画、蕉叶白端砚、田黄鸡血图章，特别是杨渔隐的诗稿，全都装订得整整齐齐，一首不缺。

小莲子不见了！不知道她是什么时候走的。厨子老王等了她几天，也不见她回来。老花匠也不见了。老王禀告了杨渔隐的过继侄儿，杨家来人到处看了看，什么东西都井井有条，一样不缺。书桌上留下一把泥金折扇，字是小莲子手写的。"奇怪！"杨家的本家叔侄把几扇房门用封条封了，就带着满脸的狐疑各自回家。厨子老王把泥金折扇偷偷掖了起来，倒了一杯酒，反复看这把扇子，他也说："奇怪！"

老王常在晚上到保全堂药铺找人聊天。杨家出了这样的事，他一到保全堂，大家就围上他问长问短。老王把他所知道的一五一十都说了。还把那把折扇拿出来给大家看。

座客当中有一个喜欢白话的张汉轩，此人走南闯北，无所不知，是个万事通。他把小莲子写的泥金折扇拿在手里翻来覆去地看，一边摇头晃脑，说："好诗！好字！"大家问他："张老，你对杨家的事是怎么看的？"张汉轩慢条斯理地说："他们不是人。"——"不是人？"——"小莲子不是人。小莲子学作诗、学写字，时间都不长，怎么能到得如此境界？诗有点女郎诗的味道，她读过不少秦少游的诗，本也无足怪。字，是玉版十三行，我们县能写这种字体的小楷的，没人！老花匠也不是人。他种的花别人种不出来。牡丹都起楼子，荷花是'大红十八瓣'，还都勾金边，谁见过？"

"他们都不是人，那，是什么？"

"是狐仙。——谁也不知道他们是从哪里来的，又向何处去了。飘然而来，飘然而去，不是狐仙是什么？"

"狐仙？"大家对张汉轩的高见将信将疑。

小莲子写在扇子上的诗是这样的：

> 三十六湖蒲荇香
>
> 侬家旧住在横塘
>
> 移舟已过琵琶闸
>
> 万点明灯影乱长

这需要做一点解释：高邮西边原有三十六口小湖，后来汇在一处，遂成巨浸，是为高邮湖。琵琶闸在南门外，是一个码头。

一九九五年十一月十五日

关老爷

老关老爷——关老爷的父亲做过两任两淮盐务道,搂了不少银子,他喜欢这小城土地肥美、人情淳厚,就在这里落户安家,起房屋,置田地,优哉游哉当了几年快活神仙老太爷。老关老爷的丧事办得极其体面。老关老爷死后,关老爷承其父业,房屋盖得更大,田地置得更多。一沟、二沟、三垛、钱家伙都有他的庄子。他是旗人。旗人有族无姓,关老爷却沿其父训,姓了关。关老爷的二儿子是个少年名士,还刻了一块图章:汉寿亭侯之后。其实关家和关云长是没有关系的。关老爷有两个特点。一是说了一嘴地道京腔,比如,他见小孩子吸烟，就劝道："小孩子不抽烟！"本地都说"吃烟"，他却说"抽烟"，本地人觉得这很奇怪。一是他走起路来是方步，有点像戏台上的台步，特别像方巾丑。这城里有几家旗人，他们见面时都还行旗礼——打千儿，本地人觉得他们好像在演戏，很滑稽，很可笑。关老爷个子不高，矮墩墩的。方脸。"高帝子孙多隆准"，高鼻梁。留两撇八字胡。立如松，坐如钟，他的行动都是很端正的。他的为人也很正派。他不抽大烟，不嫖，不赌。只是每年要下乡看一次青。

"看青"即估产。田主和佃户一同看看今年的庄稼长势，估计会有多少收成，能交多少租。一到稻子开花，关老爷就带了"田禾先生"下乡。关老爷骑一匹大青走骡，田禾先生骑一匹粉嘴踢雪黑叫驴，一路分花度柳，款款而行。庄稼碧绿，油菜金黄，一阵一阵野蔷薇的香味扑鼻而来，关老爷东张张西望望，心情十分舒畅。他下乡看青,其实是出来玩玩,看看野景,尝尝野味,改变一下他在深宅大院里的生活。估产定租这些事自有田禾先生和庄头商量,他最多只是点点头、摇摇头。他看的什么青!这些事他也不懂。他还带着一个厨子。厨子头一天已经带了伏酱秋油、五香八角,一应作料,乘船到了一沟。

在路上吃过一碗虾仁鳝丝面,中午饭就不吃了,关老爷要眯一小觉。起来,由庄头领着,田禾先生随着,绕村各处看了看。田禾先生和庄头估计今年收成,商谈得很细,各处田土高低,水流洪窄,哪一个八亩能打多少,哪一堤桎柳能卖多少钱……意见一致,就粗粗落了纸笔,有时意见相左,争持不下,甚至会吵了起来。到了太阳偏西,还没有一个通盘结果。关老爷只在喝茶抽烟,听他们争吵,不置一词。厨子来问:"开不开饭?"关老爷肚子有点饿了,就说:"开饭开饭!先吃饭,剩下的尾数也不值仨瓜俩枣，明天再议。"

关老爷在一沟的食单如下：

凉碟——醉虾，炸禾花雀，还有乡下人不吃的火焙蚂蚱，油氽蚕茧；

热菜——叉烧野兔，黄焖小公狗肉，干炸活鳑花鱼；

汤——清炖野鸡。

他不想吃饭，要了两个乡下面点：榆钱蒸糕，面拖灰藋菜加蒜泥。关老爷喝酒上脸，三杯下肚就真成了关公了。喝了两杯普洱茶，就有点吃饱了食困，睁不开眼了。

他还要念一会儿经。他是修密宗的，念的是喇嘛经。

他要睡了。庄头已经安排了一个大姑娘或小媳妇，给他铺好被窝，陪他睡下了。

第二天起来，就什么都好说了，一切都按庄头的话定规。

他给陪他睡的大姑娘、小媳妇一个金戒

指。他每次都要带十多二十个戒指，田禾先生知道，关老爷下乡看青，只是要把一口袋戒指给出去，他和庄头磨牙费嘴都只是过场而已。

一沟、二沟、三垛转了一圈，关老爷累了，回到钱家伙喝了人参汤，大睡了两天，回家，完成了他的看青壮举，得胜还朝。

关老爷是旗人，又是从外地迁来的，本地亲戚很少，只有一个老姑奶奶嫁给阚家，一个老姨嫁给简家，算是至亲。有熟读《三国演义》的人说：你们一家是阚泽的后人，一个是简雍的后人，这样的姓很少，难得！关老爷和岑直斋小时候是同学，跟杨又渔学过做古文、制艺、试帖诗，以后常在一起作文酒之游。关老爷的二儿子关汇和岑直斋的大儿子岑瑜从小学到中学都是同班同学。这几家是通家之好，婚丧嫁娶，办生做寿，走动得很勤。

岑直斋的女儿岑瑾是个美人（她母亲是姨

太太，本是南堂子里的名妓）。她眼睛弯弯的，常若含笑，皮肤非常白嫩，真是"吹弹得破"——因此每年都生冻疮。关汇很爱看岑瑾的一举一动，他央求老姨奶奶到岑家说媒。岑瑾的妈说这得问问她本人。岑瑾本不愿意，理由是：一、她比关汇还大两岁；二、关汇身体不好，有点驼背；三、他在学校里功课不好，尤其是数、理、化。她妈说：大两岁没有关系，大媳妇知道疼女婿；身体不好，可以吃药调理；功课——关家这样的人家不指着儿子做事挣钱，一个庄子就够吃一辈子。经过妈下了水磨功夫掰开揉碎反复开导，岑瑾想：富贵人家的子弟差不多也就是这样，就说："妈，您做主！"这样关汇和岑瑾就订了婚，他们那年才读初三。关汇几乎每天都到岑家去，暑假就住在岑家，和岑瑜一起玩：用气枪打鸟，钓鱼。关汇每天给岑瑾写情书，虽然天天见面。情书大都是把旧诗词改头换面，如："身无彩凤双飞翼，心有灵犀一点通"之类。他送岑瑾一张放大十二寸的相片，岑瑾把相片配了框子挂在墙上。岑瑾觉得她迟早是关家的人了，也不再有别的想法。

初中毕业，关汇到上海去读高中，岑瑾到苏州读了女子师范，暂时"劳燕分飞"了。关汇还是每天写信，热情洋溢；岑瑾也回信，但是关汇觉得她的信感情有点冷淡。

关家老太太急于想早一点抱孙子，姑奶奶、姨奶奶也觉得关汇的婚事不能再拖，就不断催关汇把事情办了。于是在关汇和岑瑾高三寒假就举行了婚礼。两家亲友都不甚多，但是吹吹打打，也很热闹。婚礼半新不旧。关汇坚持穿燕尾服，不穿袍子马褂，岑瑾披婚纱，但是拜堂行礼却是旧式的。燕尾服，婚纱，磕头，有点滑稽。

热闹了一天，客人散尽，关汇、岑瑾入洞房。

三天无大小,有些姑娘小子把耳朵贴在房门上"听房"。什么也没有听见。

半夜里,听到劈劈啪啪的声音,打人?关老爷一听,不对!把关老太太叫起来,叫她带了大儿媳妇赶紧去看看。撞开了房门,只见岑瑾在床前跪着,关汇拿了一根马鞭没头没脸地打她。打一鞭,骂一句:"你欺骗了我!你欺骗了我!"大嫂把岑瑾拉起来,给她盖了被窝;老太太把关汇拉到关老爷的书房里,问:"为什么打她?"关汇气得浑身发抖,说:"她欺骗了我!她欺骗了我!"——"怎么回事?"——"她不是处女!不是处女啊!"

这里的风俗,三天回门,要把那点女儿红包在一方白绫子里,亲手交给妈妈。妈妈接过白绫子,又是哭,又是笑:"闺女!好闺女!"

岑瑾三天回门,这门怎么回呢?关汇不去。老太太再三给他央求,说"关、岑两家,不能让人议论"。好说歹说"你就给妈这点面子,我求你了",老太太差点跪下。关汇只能铁青着脸进了岑家的门,连饭都没有吃,推说头疼,就先回去了。

关汇不进岑瑾的门,自在书房里睡。

关岑两家是不能离婚的。一离婚,就会引起一县人的揣测刺探。只好就这样拖下去。拖到什么时候呢?

这事总得有个了局。

会是怎样的了局呢?

关老爷还是每年下乡看青。他把他的看青的"章程"略微作了一点修改:凡是陪他睡觉的,倘是处女——真正的黄花闺女,加倍有赏——给两个金戒指。

一九九六年一月二十二日

薛大娘

薛大娘是卖菜的。

她住在螺蛳坝南面,占地相当大,房屋也宽敞,她的房子有点特别,正面、东西两边各有三间低低的瓦房,三处房子各自独立,不相连通。没有围墙,也没有院门,老远就能看见。

正屋朝南,后枕臭河边的河水。河水是死水,但并不臭;当初不知怎么起了这么一个地名。有时雨水多,打通螺蛳坝到越塘之间的淤塞的旧河,就成了活水。正屋当中是"堂屋",挂着一轴"家神菩萨"的画。这是逢年过节磕头烧香的地方,也是一家人吃饭的地方。正屋一侧是薛大娘的儿子大龙的卧室，另一侧是贮藏室，放着水桶、粪桶、扁担、勺子、菜种、草灰。正屋之南是一片菜园，种了不少菜。因为土好，用水方便——一下河坎就能装满一担水，菜长得很好。每天上午，从路边经过，总可以看到大龙洗菜、浇水、浇粪。他把两桶稀粪水用一个长柄的木勺子扇面似的均匀地洒开。太阳照着粪水，闪着金光，让人感到：这又是新的一天了。菜园的一边种了一畦韭菜，垄了一畦葱，还有几架宽扁豆。韭菜、葱是自家吃的，扁豆则是种了好玩的。紫色的扁豆花一串一串，很好看。种菜给了大龙一种快乐。他二十岁了，腰腿矫健，还没有结婚。

　　薛大娘的丈夫是个裁缝，人很老实，整天没有几句话。他住东边的三间，带着两个徒弟裁、剪、缝、连、锁边、打纽子。晚上就睡在这里。他在房事上不大行。西医说他"性功能不全",有个江湖郎中说他"只能生子,不能取乐"。他在这上头也就看得很淡,不大有什么欲望。他很少向薛大娘提出要求,薛大娘也不勉强他。自从生了大龙,两口子就不大同房,实际上是分开过了。但也是和和睦睦的,没有听到过他们吵架。

薛大娘自住在西边三间里。

她卖菜。

每天一早,大龙把青菜起出来,削去泥根,在两边扁圆的菜筐里码好,在臭河边的水里濯洗干净,薛大娘就担了两筐菜,大步流星地上市了。她的菜筐多半歇在保全堂药店的廊檐下。

说不准薛大娘的年龄。按说总该过四十了,她的儿子都二十岁了嘛。但是看不出。她个子高高的,腰腿灵活,眼睛亮灼灼的。引人注意的是她一对奶子,尖尖耸耸的,在蓝布衫后面顶着。还不像一个有二十岁的儿子的人。

没有人议论过薛大娘好看还是不好看，但是她眉宇间有点英气，算得是个一丈青。

她的菜肥嫩水足。很快就卖完了。卖完了菜，在保全堂店堂里坐坐，从茶壶焐子里倒一杯热茶，跟药店的"同事"说说话。然后上街买点零碎东西，回家做饭。她和丈夫虽然分开过，但并未分灶，饭还在一处吃。

薛大娘有个"副业"，给青年男女拉关系——拉皮条。附近几条街上有一些"小莲子"——本地把年轻的女用人叫作"小莲子"。她们都是十六七、十七八，都是从农村来的。这些农村姑娘到了这个不大的县城里，就觉得这是花花世界。她们的衣装打扮变了。比如，上衣掐了腰，合身抱体，这在农村里是没有的。她们也学会了搽胭脂抹粉。连走路的样子都变了，走起来扭扭答答的。不少小莲子认了薛大娘当干妈。

街上有一些风流潇洒的年轻人，本地叫作

"油儿"。这些"油儿"的眼睛总在小莲子身上转。有时跟在后面,自言自语,说一些调情的疯话:"花开花谢年年有,人过青春不再来";"易求无价宝,难得有情郎"。小莲子大都脸色矜持,不理他。跟的次数多了,不免从眼角瞟几眼,觉得这人还不讨厌,慢慢地就能说说话了。"油儿"问小莲子是哪个乡的人,多大了,家里还有谁。小莲子都小声回答了他。

"油儿"到觉得小莲子对他有点意思了,就找到薛大娘,求她把小莲子弄到她家里来会会。薛大娘的三间屋就成了"台基"——本地把提供男女欢会的地方叫作"台基"。小莲子来了,薛大娘说"你们好好谈谈吧",就把门带上,从外面反锁了。她到熟人家坐半天,有一搭无一搭地聊聊,估计时间差不多了才回来开锁推门。她问小莲子"好么?"小莲子满脸通红,低了头,小声说"好"——"好,以后常来。不要叫主家发现，扯个谎，就说在街碰到了舅舅，陪他买了会儿东西。"

欢会一次，"油儿"总要丢下一点钱，给小莲子，也包括给大娘的酬谢。钱一般不递给小莲子手上，由大娘分配。钱多钱少，并无定例。但大体上有个"时价"。臭河边还有一处"台基"，大娘姓苗。苗大娘是要开价的。有一次一个"油儿"找一个小莲子，苗大娘索价二元。她对这两块钱作了合理的分配，对小莲子说："枕头五毛炕五毛，大娘五毛你五毛。"

薛大娘拉皮条，有人有议论。薛大娘说："他们一个有情，一个愿意，我只是拉拉纤，这是积德的事，有什么不好？"

薛大娘每天到保全堂来，和保全堂上上下下都很熟。保全堂的东家有一点很特别，他的店里不用本地人，从上到下：管事（经理）、"同事"（本地把店员叫"同事"）、"刀上"（切药的）乃至挑水做饭的，全都是淮安人。这些淮安人一年有一个月假期,轮流回去,做传宗接代的事,其余十一个月吃住都在店里。他们一年要打十一个月的光棍。谁什么时候回家,什么时候假满回店,薛大娘了如指掌。她对他们很同情,有心给他们拉拉纤,找两个干女儿和他们认识,但是办不到。这些"同事"全都是拉家带口,没有余钱可以做一点风流事。

保全堂调进一个新"管事"——老"管事"刘先生因病去世了,是从万全堂调过来的。保全堂、万全堂是一个东家。新"管事"姓吕,街上人都称之为吕先生,上了年纪的则称之为"吕三"——他行三,原是万全堂的"头柜",因为人很志诚可靠,也精明能干,被东家看中,调过来了。按规矩,当了"管事",就有"身股",或称"人股",算是股东之一,年底可以分红,因此"管事"都很用心尽职。

也是缘分，薛大娘看到吕三，打心里喜欢他。吕三已经是"管事"了，但岁数并不大，才三十多岁。这样年轻就当了管事的，少有。"管事"大都是"板板六十四"的老头儿，"同事"、学生意的"相公"都对"管事"有点害怕。吕先生可不是这样，和店里的"同事"、来闲坐喝茶的街邻全都有说有笑，而且他的话都很有趣。薛大娘爱听他说话，爱跟他说话，见了他就眉开眼笑。薛大娘对吕先生的喜爱毫不遮掩。她心里好像开了一朵花。

吕三也像药店的"同事""刀上"，每年回家一次，平常住在店里。他一个人住在后柜的单间里。后柜里除了现金、账簿，还有一些贵重的药：犀牛角、鹿茸、高丽参、藏红花……

吕先生离开万全堂到保全堂来了，他还是万全堂的老人，有时有事要和万全堂的"管事"老苏先生商量商量、请教请教。从保全堂到万全堂,要经过臭河边,经过薛大娘的家。有时他们就做伴一起走。

有一次,薛大娘到了家门口,对吕三说:"你下午上我这儿来一趟。"

吕先生从万全堂办完事回来,到了薛家,薛大娘一把把他拉进了屋里。进了屋,薛大娘就解开上衣,让吕三摸她的奶子。随即把浑身衣服都脱了,对吕三说:"来!"

她问吕三:"快活吗?"——"快活。"——"那就弄吧,痛痛快快地弄!"薛大娘的儿子已经二十岁,但是她好像第一次真正做了女人。

好事不出门,坏事传千里,薛大娘和吕三的事渐渐被人察觉,议论纷纷。薛大娘的老姊妹劝她不要再"偷"吕三,说:

"你图个什么呢?"

"不图什么。我喜欢他。他一年打十一个月光棍,我让他快活快活——我也快活,这有什么不对？有什么不好？谁爱嚼舌头，让她们嚼去吧！"

薛大娘不爱穿鞋袜，除了下雪天，她都是赤脚穿草鞋，十个脚趾舒舒展展、无拘无束。她的脚总是洗得很干净。这是一双健康的，因而是很美的脚。

薛大娘身心都很健康。她的性格没有被扭曲、被压抑。舒舒展展，无拘无束。这是一个彻底解放的，自由的人。

一九九五年九月二十二日

钓鱼巷

程进生有异相,能"纳拳于口"——把自己的拳头塞进自己的嘴里。有人说这是福相。他自己也以此为荣。他的同学可不管他福相不福相,给他起了外号:大嘴丫头。大嘴就大嘴吧,还要"丫头"!他哪点像丫头?他长得很壮实,一脸的"颗子"——青春痘。

他初中已经毕业,暑假后考高中。因为温习功课,看"升学指南",演算有名的高中历届的入学试题,要专心,要清静,他从上堂屋原来的卧房搬到花园西侧一间书房里来住。书房西边是一溜四扇玻璃窗,窗外是一个花坛,种了三棵丁香。玻璃窗总是开着,程进常由这里出入,跳进来,跳出去。书房东边的房门闩了,没有人来打搅,他就在里面头悬梁,锥刺股。

他的弟弟程伟也搬到花园里来住,在书房对面的小客厅里。

程家共有三房。大爷即程进和程伟的父亲。"废科举改学堂"之后,他读过旧制中学,现在在家享福,经营他的田产。他一心想开矿发财,他认为只有开矿才能发大财。

二爷早故。

三爷是个画家,他认为大哥的想法很可笑:你那点家产就想开矿?再说咱这里也没有什么矿!——到外地去开?开矿是那么简单的事吗?

三爷两度丧妻,现在续娶的是第三位。是邵伯埭[1]的人,姓邵[2]。邵家是大地主。邵氏

---

1 初刊本为"邵伯埭",当为"邵伯埭"。——编者注
2 本文作为姓氏的"邵"均疑为"邵"。——编者注

夫人的母亲死得早，邰小姐从小娇生惯养。她嫁过来时从娘家带过两个随身的女用人。邵伯人不知道为什么把女用人都叫成姓高。这两个女用人一个被叫成小高，一个叫大高。小高贴身伺候大小姐。大高做比较粗的活：拆洗被褥幔帐，倒马桶……小高娇小玲珑，大高比较高大。小高还没有人家；大高结过婚，不到一年，去年，丈夫死了。小姐出嫁，带过一个岁数不大的寡妇，有人家是要忌讳的。这事请示过程家的大姑奶奶。大姑奶奶知道邰小姐用惯了大高，离不开她，邰小姐特别爱干净，被褥不是大高洗，她不放心，想了想，就说："让她带过来吧！"

大高怕热，爱出汗。一天要用凉水抹几次身。晚上，要洗一次澡。在花园里，打一满澡盆水，在别人都已经睡下的时候，闩了花园到正屋的六角门，哗啦哗啦大洗一次。擦干后躺竹床上乘凉，四仰八叉，一丝不挂。用一个

芭蕉扇赶蚊子,小声唱"牌经"(这地方打麻将出牌报牌兴唱"牌经"),牌经大都很"花",比如打出一张白板,就唱:

"白笃笃的奶子粉撮撮的腰……"

大高唱这样的"牌经",似乎是对自己的赞美。

一直到露水下来了,她全身凉透了,才开了六角门回屋睡觉。

大高乘凉时,程进透过书房的西窗偷偷地往外看她,看得目瞪口呆。

程进睡得迷迷糊糊的,感觉到旁边好像有一个光溜溜的女人身子,光滑细腻……

程伟起来小便,听到哥哥书房里有一种奇怪声音,他走近听听:两个人在喘气。他轻手轻脚,绕到丁香花下往里看。月光如水:

"哈!你们!给你告妈!"

程进的妈觉得这件事不好办。大嫂子怎么和三嫂子(这地方妯娌之间彼此称呼都是"嫂子",不兴叫弟媳)去说这种事呢。想了想,还是得把大姑奶奶请回来。

姑奶奶在家中照例是很有权威的。程家姊弟中,她最年长,比程进的父亲还大一岁。程家的事她做得一半主。

大姑奶奶和三弟媳谈了谈,说大高不宜在这个门里待下去了,传出去不好。

三少奶奶找小高问了问:大高每天几时进花园洗澡,什么时候回屋。三少奶奶跟三少爷商量了一下,拿二十块钱给大高,又拣了十几件八九成新的自己穿过的衣裳,打了一个包袱,叫小高送大高搭船回邰家,有什么话以后再说。大高明白事情盖不住,跟大小姐说了声"大小姐,我走了",擦擦眼泪,走了。

程进考进了南京私立东方中学。南京私立中学不少,名声都不大好。"要偷人,进惠文;吊儿郎当进东方。"惠文是女中,个别女生生活上是不大检点,"偷人"不如流言所说的那样普遍。东方的学生大都是公子哥儿,纨绔子弟。他们很少正经读书,整天在外面吃喝玩乐,到玄武湖划船,打弹子,跳舞——南京中学生很多人会跳踢踏舞,吃女招待。"女招待,真不赖,吃三毛,给一块。"有人甚至荒唐到把妓女弄到宿舍里过夜。

南京妓女很多。她们一眼就看得出来,都在旗袍上襟别一个粉红色的赛璐珞小桃花徽章。有的女学生不知就里,觉得这很好看,也到百货公司买一个来戴,后来才知道这是妓女的标志!

堂堂国府所在,为什么要容纳这样多妓女,而且都让她们戴上小徽章?答曰:有此必要,这对维持社会秩序稳定大有好处;让她们戴上"桃花章",可以区别良莠,且表示该妓女最近经过检查,干净卫生,并无毛病,只管放心嫖宿;她们要缴纳"花捐",才能领取徽章,公开从业。每月政府所收"花捐"是一笔不小的数目。

　　南京妓院大都集中在几条巷子里,钓鱼巷是最有名的。钓鱼巷即在东方中学学生宿舍的后面。这些姑娘们时常在巷子里进进出出,走来走去,打扮得花枝招展,走起来袅袅婷婷。住在宿舍里的学生对她们已经看得很熟,分得清谁是谁。姑娘们走过学生宿舍的后窗户,大都向上看看,和一些熟识的学生招手点头,眉来眼去(南京人叫作"吊膀子")。妓女都有个香艳的名字,很多是从《红楼梦》上取来的:林黛玉、史湘云(林黛玉、史湘云被妓女当了芳名,可算是倒了霉了!)……有一个最红的,为学生最喜欢的姑娘叫"沙利文"。南京有个专卖面包、西点的面包房叫"沙利文",出的面包也就叫"沙利文面包"。为什么给妓女起这样一个名字呢?因为她的两个奶奶鼓鼓的,暄腾腾的很有弹性,恰像是沙利文刚烤出来的奶油圆面包。"沙利文"有点天真，很喜欢和学生来往，一起去看一场电影啦，到明孝陵、鸡鸣寺去逛逛啦。这些公子哥儿都长得很帅，留了菲律宾式的长发（背发上涂了很多油）。学生总比较文雅，不像当官、做买卖的那样俗气，一点不懂怜香惜玉，如狼似虎，穷凶极恶。虽然当了妓女，总还希望能得到一点感情，被人看成是一个女学生，不是"婊子"。学生能给她们一小点感情，像《茶花女》里那样的感情。明知道这小点感情是假的，但是姑娘也就满足了。学生从后窗户把她们弄到宿舍里去睡觉，她们大都很愿意。她们觉得不只是让人玩，自己也玩了。

程进不止一次把妓女从后窗户弄进宿舍里来过夜。这种事他父亲在读旧制中学时就干过，可以说是传代。只是方式有些不同。程进的父亲用的是腰带。那时兴系腰带，几乎每人都有一条，湖蓝色，绸质的。把两根腰带结起来，就可以把一个妓女拉上来。到程进时就改用了梯子。钓鱼巷凡有学生是熟客的妓院，都准备了一架小梯子，几步就上来了。

程进在和妓女做事时，有时会想起大高。他的性生活是大高开的蒙，而且大高全身柔软细腻，有一种说不出的美。

为了实现父亲的愿望，程进高中毕业，报考的大学是广西大学矿冶系，考上了。

矿冶系毕业后在东北一个矿上工作——他当然不可能独资开一个矿。解放后作为工程技术人员留用。工作很好，屡受表扬，升为工程师。他在东北结了婚，生了一个男孩子。

反右运动中，追查他的历史。因为他曾在孙立人的远征军中当过翻译，在印度干了一年。本来问题不大，甚至不是问题，但是斗起来没完。七斗八斗，他受不了冤屈，自杀死了。中国有许多知识分子本来都可以活下来，对国家有所贡献，然而不行，非斗不可！八亿人口，不斗行吗？

程进的爱人还年轻,改嫁了。遗孤送回老家,由祖母抚养。这孩子不爱说话。他不懂父亲为什么要死,母亲为什么要嫁人。

大高回邰家后嫁了一次人,生病死了。

"沙利文"不知下落,听说也死了。

很多人都死了。

人活一世,草活一秋。

一九九五年岁暮

露水

露水好大。小轮船的跳板湿了。

小轮船靠在御码头。

这条轮船航行在运河上已经有几年,是高邮到扬州的主要交通工具。单日由高邮开扬州,双日返回高邮。轮船有三层,底层有几间房舱,坐的是县政府的科长,县党部的委员,杨家、马家等几家阔人家出外就学的少爷小姐,考察河工的水利厅的工程师。房舱贵,平常坐不满。中层是统舱。坐统舱的多是生意买卖人,布店、药店、南货店的二掌柜,给学校采购图书仪器的中学教员……给茶房一点钱,可以租用一张帆布躺椅。上层叫"烟篷",四边无遮挡，风、雨都可以吹进来。坐"烟篷"的大都自己带一块油布，或躺或坐。"烟篷"乘客，三教九流。带着锯子凿子的木匠，挑着锡匠挑子的锡匠，牵着猴子耍猴的，细批流年的江湖术士，吹糖人的，到缫丝厂去缫丝的乡下女人，甚至有"关亡"的、"圆光"的、挑牙虫的。

客人陆续上船，就来了许多卖吃食的。卖牛肉高粱酒的，卖五香茶叶蛋的，卖凉粉的，卖界首茶干的，卖"洋糖百合"的，卖炒花生的。他们从统舱到烟篷来回窜，高声叫卖。

轮船拉了一声汽笛，催送客的上岸，卖小吃的离船。不过都知道开船还有一会儿。做小生意的还是抓紧时间照做，不过把价钱都减下来了一些。两位喝酒的老江湖照样从从容容喝酒，把酒喝干了，才把豆绿酒碗还给卖牛肉高粱酒的。

轮船拉了第二声汽笛,这是真要开了。于是送客的上岸,做小生意的匆匆忙忙,三步两步跨过跳板。

正在快抽起跳板的时候,有两个人逆着人流,抢到船上。这是两个卖唱的,一男一女。

男的是个细高挑儿,高鼻、长脸,微微驼背,穿一件褪色的蓝布长衫,浑身带点江湖气,但不讨厌。

女的面黑微麻,穿青布衣裤。

男的是唱扬州小曲的。

他从一个蓝布小包里取出一个细瓷蓝边的七寸盘,一双刮得很光滑的竹筷。他用右手持瓷盘,食指中指捏着竹筷,摇动竹筷,发出清脆的、连续不断的响声;左手持另一只筷子,时时击盘边为节。他的一只瓷盘、两只竹筷,奏出或紧或慢、或强或弱的繁复的碎响,真是"大珠小珠落玉盘"。

> 姐在房中头梳手,
> 忽听门外人咬狗。
> 拾起狗来打砖头,
> 又怕砖头咬了手。
> 从来不说颠倒话,
> 满天凉月一颗星。

"哪位说了:你这都是淡话!说得不错。人生在世,不过是几句淡话罢了。等人、钓鱼、坐轮船,这是'三大慢'。不错。坐一天船,难免气闷无聊。等学生给诸位唱几段小曲,解解闷,醒醒脾,冲冲瞌睡!"

他用瓷盘竹筷奏了一段更加紧凑的牌子,清了清嗓子,唱道:

> 一把扇子七寸长,
> 一个人扇风二人凉。
> 松呀,嘣呀。
> 呀呀子沁,

月照花墙。

手扶栏杆口叹一声,

鸳鸯枕上劝劝有情人呀。

一路鲜花休要采咙,

干哥哥,

奴是你的知心着意人哪!

这是短的,他还有些比较长的,《小尼姑下山》《妓女悲秋》。他的拿手,是《十八摸》,但是除非有人点,一般是不唱的。他有一个经折子,上列他能唱的小曲,可以由客人点唱。一唱《十八摸》,客人就兴奋起来。统舱的客人也都挤到"烟篷"里来听。

唱了七八段,托着瓷盘收钱。给一个铜板、两个铜板,不等。加上点唱的钱,他能弄到五六、七八角钱。

他唱完了,女的唱:

> 你把那冤枉事对我来讲,
>
> 一桩桩一件件,
>
> 桩桩件件对小妹细说端详。
>
> 最可叹你死在那麦田以内,
>
> 高堂哭坏二老爹娘……

这是《枪毙阎瑞生·莲英惊梦》的一段。枪毙阎瑞生是上海实事。莲英是有名的妓女，阎瑞生是她的熟客。阎瑞生把莲英骗到郊外，在麦田里勒死了她，劫去她手上戴的钻戒。案发，阎瑞生被枪毙。这案子在上海很轰动，有人编成了戏。这是时装戏。饰莲英的结拜小妹的是红极一时的女老生露兰春。这出戏唱红了，灌了唱片，由上海一直传到里下河。几乎凡有留声机的人家都有这张唱片，大人孩子都会唱"你把那冤枉事"。这个女的声音沙哑，不像露兰春那样响堂挂味。她唱的时候没有人听，唱完了也没有多少人给钱。这个女人每次都唱这一段，好像也只会这一段。

唱了一回，客人要休息，他们也随便找个旮旯蹲蹲。

到了邵伯，有些客人下船，新上一批客人，等客人把包袱行李安顿好了，他们又唱一回。

到了扬州，吃一碗虾籽酱油汤面、两个烧饼，在城外小客栈的硬板床上喂一夜臭虫，第二天清早蹚着露水，赶原班轮船回高邮，船上还是卖唱。

扬州到高邮是下水，船快，五点多钟就靠岸了。

这两个卖唱的各自回家。

他们也还有自己的家。

他们的家是"芦席棚子"。芦笆为墙，上糊湿泥。棚顶也以"钢芦柴"（一种粗如细竹、极其坚韧的芦苇）为椽，上覆茅草。这实际上是一个窝棚，必须爬着进、爬着出。但是据说除了大雪天，冬暖夏凉。御码头下边，空地很多，这样的"芦席棚子"是不少的。棚里住的是叉鱼的、照蟹的、捞鸡头米的、穿糖球（即北京所说的"冰糖葫芦"）的、煮牛杂碎的……

到家之后，头一件事是煮饭。女的永远是糙米饭、青菜汤。男的常煮几条小鱼（运河旁边的小鱼比青菜还便宜），炒一盘咸螺蛳，还要喝二两稗子酒。稗子酒有点苦味，上头，是最便宜的酒。不知道糟房怎么能收到那么多稗子做酒，一亩田才有多少稗子？

吃完晚饭，他们常在河堤上坐坐，看看星，看看水，看看夜渔的船上的灯，听听下雨一样的虫声，七搭八搭地闲聊天。

渐渐地，他们知道了彼此的身世。

男的原来开一个小杂货店，就在御码头下面不远，日子满过得去。他好赌，每天晚上在火神庙推牌九，把一间杂货店输得精光。老婆也跟了别人，他没脸在街里住，就用一个盘子、两根筷子上船混饭吃。

女的原是一个下河草台班子里唱戏的。草台班子无所谓头牌二牌，派什么唱什么。后来草台班子散了，唱戏的各奔东西。她无处投奔就到船上来卖唱。

"你有过丈夫没有？"

"有过。喝醉了酒栽在大河里，淹死了。"

"生过孩子没有？"

"出天花死了。"

"命苦！……你这么一个人干唱，有谁要听？你买把胡琴，自拉自唱。"

"我不会拉。"

"不会拉……这么着吧，我给你拉。"

"你会拉胡琴？"

"不会拉还到不了这个地步。泰山不是堆的，牛×不是吹的。你别把土地爷不当神仙。告诉你说，横的、竖的、吹的、拉的，我都拿得起来。十八般武艺件件精通——件件稀松。不过给你拉'你把那冤枉事',还是富富有余!"

"你这是真话?"

"哄你叫我掉到大河里喂王八!"

第二天,他们到扬州辕门桥乐器店买了一把胡琴。男的用手指头弹弹蛇皮,弹弹胡琴筒子、担子,拧拧轸子,撅撅弓子,说:"就是它!"买胡琴的钱是男的付的。

第二天回家。男的在胡琴上滴了松香,安了琴码,定了弦,拉了一段西皮、一段二黄,说:"声音不错!——来吧!"男的拉完了原板过门,女的顿开嗓子唱了一段《莲英惊梦》,引得芦席棚里邻居都来听,有人叫好。

从此,因为有胡琴伴奏,听女的唱的客人就多起来。

男的问女的:"你就会这一段?"

"你真是隔着门缝看人!我还会别的。"

"都是什么?"

"《卖马》《斩黄袍》……"

"够了！以后你轮换着唱。"

于是除了《莲英惊梦》，她还唱"店主东，带过了，黄骠马……"，"孤王酒醉桃花宫"。当时刘鸿声大红，里下河一带很多人爱唱《斩黄袍》。唱完了，给钱的人渐渐多起来。

男的进一步给女的出主意。

"你有小嗓没有？"

"有一点。"

"你可以一个人唱唱生旦对儿戏：《武家坡》《汾河湾》……"

最后女的竟能一个人唱一场《二进宫》。

男的每天给她吊嗓子，她的嗓子"出来"了，高亮打远，有味。

这样女的在运河轮船上红起来了。她得的钱竟比唱扬州小曲的男的还多。

他们在一起过了一个月。

男的得了绞肠痧，折腾一夜，死了。

女的给他刨了一个坟，把男的葬了。她给他戴了孝，在坟头烧钱化纸。

她一张一张地烧纸钱。

她把剩下的纸钱全部投进火里。

火苗冒得老高。

她把那把胡琴丢进火里。

首先发出爆裂的声音的是蛇皮，接着毕卜一声炸开的是琴筒，然后是担子，最后轸子也烧着了。

女的拍着坟土，大哭起来：

"我和你是露水夫妻，原也不想一篙子扎到底。可你就这么走了！

"就这么走了！

"就这么走了！

"你走得太快了！

"太快了！

"太快了！

"你是个好人!

"你是个好人!

"你是个好人哪!"

她放开声音号啕大哭,直哭得天昏地暗,树上的乌鸦都惊飞了。

第二天,她还是在轮船上卖唱,唱"你把那冤枉事对我来讲……"

露水好大。

一九九三年七月三十一日

侯银匠

白果子树，开白花，
南面来了小亲家。
亲家亲家你请坐，
你家女儿不成个货。
叫你家女儿开开门，
指着大门骂门神。
叫你家女儿扫扫地，
拿着笤帚舞把戏。
…………

侯银匠店是个不大点的小银匠店。从上到下，老板、工匠、伙计，就他一个人。他用一把灯草浸在油盏里,用一个弯头的吹管把银子烧软,然后用一个小锤子在一个钢模子或一个小铁砧上丁丁笃笃敲打一气,就敲出各种银首饰。麻花银镯、小孩子虎头帽上钉的银罗汉、系围裙的银链子、发蓝簪子、点翠簪子……侯银匠一天就这样丁丁笃笃地敲,戴着一副老花镜。

侯银匠店特别处是附带出租花轿。有人要租,三天前订好,到时候就由轿夫抬走。等新娘拜了堂,再把空轿抬回来。这顶花轿平常就停在屏门前的廊檐上,一进侯银匠家的门槛就看得见。银匠店出租花轿,不知是一个什么道理。

侯银匠中年丧妻,身边只有一个女儿。他这个女儿很能干。在别的同年的女孩子还只知道梳妆打扮、抓子儿、踢毽子的时候,她已经把家务全撑了起来。开门扫地、掸土抹桌、烧茶煮饭、浆洗缝补,事事都做得很精到。她小名叫菊子,上学之后学名叫侯菊。街坊四邻都很羡慕侯银匠有这么个好女儿。有的女孩子躲懒贪玩,妈妈就会骂一句:"你看人家侯菊!"

一家有女百家求,头几年就不断有媒人来给侯菊提亲。侯银匠总是说:"孩子还小,孩子还小!"千挑选万挑选,侯银匠看定了一家。这家姓陆,是开粮行的。弟兄三个,老大老二都已经娶了亲,说的是老三。侯银匠问菊子的意见,菊子说:"爹做主!"侯银匠拿出一张小照片让菊子看,菊子扑哧一声笑了。"笑什么?"——"这个人我认得!他是我们学校的老师,教过我英文。"从菊子的神态上,银匠知道女儿对这个女婿是中意的。

侯菊十六那年下了小定。陆家不断派媒人来催侯银匠早点把事办了。三天一催,五天一催。陆家老三倒不着急,着急的是老人。陆家的大儿媳妇、二儿媳妇进门后都没有生养,陆老头子想三媳妇早进陆家门,他好早一点抱孙子。三天一催,五天一催,侯菊有点不耐烦,说:"总得给人家一点时间准备准备。"

侯银匠拿出一堆银首饰叫菊子自己挑。菊子连正眼都不看,说:"我都不要!你那些银首饰都过了时。现在只有乡下人才戴银镯子。发蓝簪子、点翠簪子,我往哪儿戴,我又不梳纂!你那些银五事现在人都不知道是干什么用的!"侯银匠明白了,女儿是想要金的。他搜罗了一点金子给女儿打了一对秋叶形的耳坠、一条金链子、一个五钱重的戒指。侯菊说:"不是我稀罕金东西。大嫂子、二嫂子家里都是有钱的,金首饰戴不完。我嫁过去,有个人来客往的,戴两件金的,也显得不过于寒碜。"侯银匠知道这也是给当爹的做脸,于是加工细做,心里有点甜,又有点苦。

爹问菊子还要什么,菊子指指廊檐下的花轿,说:"我要这顶花轿。"

"要这顶花轿？这是顶旧花轿，你要它干什么？"

"我看了看，骨架都还是好的。这是紫檀木的。我会把它变成一顶新的！"

侯菊动手改装花轿，买了大红缎子、各色丝线，飞针走线，一天忙到晚。轿顶绣了丹凤朝阳，轿顶下一周圈鹅黄丝线流苏走水。"走水"这词儿想得真是美妙，轿子一抬起来，流苏随轿夫脚步轻轻地摆动起伏，真像是水在走。四边的帏子上绣的是八仙庆寿。最出色的是轿帘前的一对飘带，是"纳锦"的。"纳"的是两条金龙，金龙的眼珠是用桂圆核剪破了钉上去的（得好些桂圆才能挑得出四只眼睛），看起来乌黑闪亮。她又请爹打了两串小银铃，作为飘带的坠脚。轿子一动，银铃碎响。轿子完工，很多人都来看，连声称赞：菊子姑娘的手真巧，也想得好！

转过年来，春暖花开，侯菊就坐了这顶

手制的花轿出门。临上轿时,菊子说了声:"爹!您多保重!"鞭炮一响,老银匠的眼泪就下来了。

花轿没有再抬回来,侯菊把轿子留下了。这顶簇崭新的花轿就停在陆家的廊檐上。

侯菊有侯菊的打算。

大嫂、二嫂家里都有钱。大嫂子娘家有田有地,她的嫁妆是全堂红木,压箱底一张田契,这是她的陪嫁。二嫂子娘家是开糖坊的。侯菊有什么呢?她有这顶花轿。她把花轿出租。全城还有别家出租花轿,但都不如侯菊的花轿鲜亮,接亲的人家都愿意租侯菊的花轿。这样她每月都有进项。她把钱放在迎桌抽屉里。这是她的私房钱,她想怎么花就怎么花。她对新婚的丈夫说:"以后你要买书,订杂志,要用钱,就从这抽屉里拿。"

陆家一天三顿饭都归侯菊管起米。大嫂子、二嫂子好吃懒做,饭摆上桌,拿碗盛了就吃,连洗菜剥葱、刷锅、刷碗都不管。陆家人多,众口难调。老大爱吃硬饭,老二爱吃软饭,公公婆婆爱吃烂饭。各人吃菜爱咸爱淡也都不同。侯菊竟能在一口锅里煮出三样饭,一个盘子里炒出不同味道的菜。

公公婆婆都喜欢三儿媳妇。婆婆把米柜的钥匙交给了她,公公连粮行账簿都交给了她,她实际上成了陆家的当家媳妇。她才十七岁。

侯银匠有时以为女儿还在身边。他的灯碗里油快干了,就大声喊:"菊子!给我拿点油来!"及至无人应声,才一个人笑了:"老了!糊涂了!"

女儿有时提了两瓶酒回来看看他,椅子还没有坐热就匆匆忙忙走了。侯银匠想让女儿回来住几天,他知道这办不到,陆家一天也离不开她。

侯银匠常常觉得对不起女儿,让她过早地懂事,过早地当家。她好比一树桃子,还没有开足了花,就结了果子。

女儿走了,侯银匠觉得他这个小银匠店大了许多,空了许多。他觉得有些孤独,有些凄凉。

侯银匠不会打牌,也不会下棋。他能喝一点酒,也不多。而且喝的是慢酒。两块从连万顺买来的茶干、二两酒,就够他消磨一晚上。侯银匠忽然想起两句唐诗,那是他錾在"一封书"样式的银簪子上的(他记得的唐诗本不多)。想起这两句诗,有点文不对题:

姑苏城外寒山寺,夜半钟声到客船。

(写作及初刊时间不详。
初收于《矮纸集》,一九九六年)